Les songes de la Louve

Diane la Blanche & Marie J-H CokecinL

Les songes de la Louve

2017
Éditions Danaé

Biographies :

L'auteur :

Diane La Blanche puise son inspiration créatrice dans les profondeurs de l'être…Son écriture est instinctive, ses mots prennent racines dans sa chair, dans les mémoires enfouies des lignées ancestrales de femmes, puis viennent tambouriner dans son cœur et son esprit afin de prendre forme sous sa plume pour nous emmener dans un voyage onirique à la rencontre de nos archétypes sauvages individuels et collectifs. Cette femme d'aujourd'hui possède la magie des conteurs et conteuses d'autrefois qui par leurs histoires nous transportent dans notre propre Histoire à la rencontre de nos propres enseignements et chemins de guérison.

L'illustratrice :

© Mikael Pennec Photographe

Marie Jamin-Hauchard alias CokecinL. Après un BAC option Art et quelques années à l'école des Beaux-Arts du Havre, je suis, depuis 2010, à mon compte. Collectionneuse de casquettes : créatrice de bijoux, organisatrice de marchés de créateurs solidaires, maître Reiki passionnée de phytothérapie, animatrice d'ateliers artistiques, je suis avant tout peintre et illustratrice avec quelques expositions et parutions dans divers livres et magasines. Mon travail est visible sur mon site http://cokecinl.com/

Éditions Danaé
29 les Hautes Louves
83820 Rayol Canadel
FRANCE

www.editions-danae.com

Retrouvez-nous sur les réseaux sociaux
Facebook @editionsdanae
Twitter @AllianceMagique
Instagram @alliancemagique

Illustrations de couverture et d'intérieur : Marie J-H CokecinL
Montage Couverture : Arnaud Thuly
Mise en page : Sandrine Pennard

Un Label du groupe Alliance Magique
ISBN : 979-10-94876-13-8
Dépôt légal : 4e trimestre 2017
Imprimé par TypoLibris - N° : 19030278

SOMMAIRE

EN TOI

Je suis là, en toi, au plus profond de toi, immobile,
invisible à qui ne sait pas voir
Je suis le trouble souvenir de puissants
battements d'ailes silencieuses
Je suis l'appel de la nuit, le mystère d'une Lune pleine
sur des forêts profondes
Je suis, œil perçant et serres acérées, l'instinct du chasseur
et la sagesse des anciens
Je suis le cri perçant qui déchire les ténèbres,
je suis la Vie/Mort/Vie
Je suis patience infinie dans les boucles du temps,
en silence j'attends
Mais je suis là
Je suis l'âme
Et l'âme agit en toi
L'âme agite le Sauvage en toi

LE LOUP

Je cours, je cours, et la neige vole autour de moi. Et les arbres filent, filent, et le vent siffle, siffle à mes oreilles. Je cours, je cours à perdre haleine, langue pendante, poumons en feu. La forêt est mon domaine, mon asile, mon amie. Elle fait partie de moi comme je fais partie d'elle. J'en connais chaque taillis, chaque clairière, chaque terrier… Je la connais mieux qu'eux, les étrangers, les sans fourrure, les sans pitié. La forêt non plus ne les aime pas ; elle leur tend des pièges, branches trop basses, buissons de ronces aux doigts crochus. Je les entends jurer, pester, avancer lourdement, maladroitement, mais inexorablement. La forêt saura-t-elle cette fois encore me protéger ? Je suis rapide et fort, mais seul et fatigué, si fatigué ; mes pattes se dérobent sous moi, le souffle me manque… Combien de temps encore, combien de temps avant qu'ils ne se lassent… Ou qu'ils ne me rattrapent… Et pourquoi ?

Pourquoi ? Parce que je suis le loup. Uniquement. J'ai approché leurs grands terriers de pierres et de bois, attiré par la lumière, attiré par la chaleur, et par l'odeur de nourriture, et par les rires et par les chants aussi. Les chants… J'ai entendu leurs chants et leurs histoires de coin du feu, tapi que j'étais, moi, sous leurs fenêtres dans la nuit et le froid. J'ai frissonné, moi aussi, comme leurs petits, en entendant évoquer ce monstre sanguinaire, dévastateur de troupeaux, dévoreur d'enfants, rusé, sournois, cruel… Le loup. Alors j'ai compris que jamais il n'y aurait d'accord possible, jamais de caresse, d'os à ronger dans une écuelle, jamais de place pour moi à leurs côtés. À la place il y aurait la guerre, imbécile et meurtrière comme le sont toutes les guerres, les leurs comme les nôtres. Guerre de territoire, là où pourtant le gibier abonde et la place ne manque pas. J'ai cru qu'il suffirait de m'éloigner de leurs villages, de me retirer au plus profond des bois… Mais les humains ont besoin de plus d'espace qu'ils n'en occupent, de plus de proies qu'ils n'en consomment. Et puis les humains ont de bonnes, de très bonnes raisons de vouloir tuer les loups ; les loups dévastent les troupeaux, les loups dévorent les enfants, les loups sont rusés, sournois, cruels, sanguinaires… Toutes leurs histoires le disent et les chansons que chantent les petits d'hommes en se tenant par la main ; « loup y es-tu ? Que fais-tu ?... » Non le loup ne met pas ses chaussettes, pas plus qu'il ne s'apprête à surgir du taillis où il est sournoisement embusqué pour avaler tout cru l'imprudent qui se serait aventuré dans les bois sans sa panoplie meurtrière. Les loups tuent pour se nourrir, pour se défendre aussi parfois, quand la fuite est impossible ou quand les petits sont menacés, mais jamais pour le plaisir, jamais par cruauté. Et les lapins offrent un festin suffisamment copieux, nul besoin d'y ajouter un petit chaperon rouge. D'où vient que les hommes éprouvent le besoin d'affubler les autres créatures de vices qui leur sont propres ? Est-ce pour mieux les justifier ? Si les loups savaient raconter les histoires, ils n'auraient pas besoin de beaucoup d'imagination pour faire frissonner les louveteaux ; la réalité suffirait grandement à faire naître leurs cauchemars. Et combien de hurlements à la lune faudrait-il ensuite pour les endormir, apaisés de nouveau, assurés de la présence autour d'eux de la meute protectrice et bienveillante. Et combien de petits d'hommes abreuvés de mensonges, entendant ces hurlements, se mettraient à trembler au fond de leur lit pendant que leurs pères astiquent leurs fusils. Trop d'écart, trop de différences, un fossé impossible à combler entre deux races qui ne peuvent se comprendre. Et ce qu'on ne comprend pas effraie ; cela au moins est vrai pour les hommes comme pour les loups. Mais quand les loups s'éloignent du danger, les hommes veulent à jamais l'exterminer.

Ils sont humains, ces étrangers à ma forêt, ces étrangers à ma vie, ces chasseurs qui me poursuivent. Ils sont humains et je suis loup, le Loup, le monstre de leurs cauchemars d'enfants ; ils n'abandonneront pas. Et déjà je sens sur mes talons le souffle de leurs chiens, ces faux frères à chaînes et à colliers qui ont su accepter l'esclavage pour mieux paraître inoffensifs, et qui n'ont plus d'autres sentiments que ceux de leurs maîtres. J'entends leurs aboiements, triomphants déjà ; ma mort leur vaudra sans doute une récompense, le prix d'une haine fabriquée.

La faveur de la forêt ne suffira pas, je le sais maintenant. Et j'ai brûlé mes dernières forces ; je n'irai pas plus loin. Je me retourne alors, et je fais face. Sanguinaire, cruel, sournois, non, mais fier oui je le suis, comme tous ceux de ma race. La mort m'attend, inévitable. Ce n'est pas contre elle que je me révolte, pas contre elle que je veux encore me battre, mais contre l'injustice et l'inutilité de cette mort. Contre la peur qu'inspire à mes bourreaux une image qu'eux-mêmes m'ont donnée et qui ne me correspond pas. La peur, justement, elle se dessine jusque sur les colliers de leurs chiens où elle a dressé des pics d'acier pour les protéger de ma morsure. Jusque dans leur nombre ; cinq, ils sont cinq et je suis seul, épuisé, terrorisé. Et les humains s'approchent maintenant, gardant leurs distances néanmoins, excitant leurs mercenaires canins. Fusils chargés, prêts à tirer, prêts à tuer, mais de loin. Sont-ils lâches à ce point ? Ou suis-je à ce point redoutable, moi qui n'ai plus que mon courage et mon honneur de loup pour me tenir debout ?

Je suis encerclé par les chiens. J'ai regardé leurs yeux, et je n'y ai rien vu ; absente la faim qui motive la chasse, absente la joie de partager cette chasse avec la meute, absente la fierté de nourrir les petits, rien, rien que l'envie de plaire et la crainte de déplaire… Le cercle se resserre autour de moi, et déjà je sens leurs crocs frôler ma chair. C'est par derrière qu'ils attaquent, jamais de front. Leurs morsures ne sont pas profondes mais douloureuses et éreintantes. Je tourne sur moi, je tente de leur faire face à tous en même temps, de provoquer le combat, mon dernier combat, celui qui mettra un terme à cette absurdité. Mais les chiens le refusent, l'évitent ; ils ont le temps et aucune raison de prendre des risques.

Je m'affaiblis. Les humains se sont encore rapprochés, j'entends leurs rires ; disparue la peur, oublié le monstre, le loup n'est plus qu'un jouet. Un jouet disloqué, un jouet cassé ; j'ai glissé à terre, doucement, presque sans m'en rendre compte. Ma vision se trouble. Entre deux éclairs de douleur, entre deux morsures, j'aperçois des fusils appuyés contre un arbre. Un instant, l'odeur de fer de mon sang se trouve recouverte par une odeur de fumée, d'herbe qu'on brûle, l'odeur de leurs pipes. Puis à nouveau la douleur me ramène à mon corps étendu là, dans la neige qui se colore en rouge, à ma vie qui s'échappe de ma gueule ouverte, petit nuage de buée dans l'air froid de l'hiver, et s'amenuise à chaque souffle.

Je ne ressens plus rien maintenant, je ne vois plus rien. Plus mort que vivant déjà, je suis au-delà de la douleur, de la lumière. Et alors que je m'enfonce dans la dernière obscurité, me revient une histoire, une histoire d'hommes et de loups, une histoire des temps anciens ; l'histoire de deux petits d'hommes recueillis par une louve et de la naissance d'un monde nouveau. Une histoire oubliée…

> « Qui n'aime pas les loups n'aime pas la nuit pour ce qu'elle est ; la face obscure de notre immense liberté »
>
> (Serge Bouchard)

Pour aller plus loin :

Le Loup est ce nous sauvage et libre, brut, qui connaît le chemin entre les mondes, les forêts profondes et denses du subconscient. Solitaire autant que social, il court à travers les steppes, parcourant des distances infinies à travers l'espace et le temps afin de trouver les réponses cachées, les vérités oubliées, ces morceaux de mémoire collective refoulés. Son instinct le porte au-delà des convenances et des peurs. Le Loup, c'est la Vie sans fard et sans compromis qui hurle sa puissance et ses exigences à la Lune…

Je vous invite à partir à la rencontre du Loup en vous, à la rencontre de votre vérité première. Je vous invite à vous confronter à qui vous êtes vraiment, à votre essence.

Si possible accompagnée du battement d'un tambour chamanique, allongez-vous confortablement. Détendez-vous. Sentez vos racines plonger dans la Terre. Trouvez votre centre et alignez-vous.

Visualisez maintenant l'orée d'une forêt. C'est le début du voyage. Votre porte d'entrée. Posez l'intention de rencontrer maintenant l'esprit du Loup et sentez-le apparaître. Il vous invite à le suivre et vous n'avez qu'à vous autoriser à le faire.

Dès qu'il sentira que vous êtes prête, le Loup entamera sa course à travers cette forêt qui est son territoire. Et vous le suivrez, sans peine. Parfois vous aurez l'impression d'être le Loup, de l'incorporer ou de vous incorporer en lui. Laissez faire. Il est le meilleur guide qui soit et vous êtes en sécurité. Sentez sa puissance et sa sagesse. Il n'y a pas de chasseur ou de chien ici. Laissez-vous simplement sentir. Laissez-le simplement vous enseigner. Goûtez votre propre liberté et tout ce qu'elle implique.

Quand le loup vous ramènera à l'orée de la forêt, remerciez-le et, doucement, revenez...

CYCLIQUE

Sois pour moi un soutien et un guide
Que je ressente avec acuité ma nature cyclique
Que je sache trouver l'accord
Et faire miennes les énergies de la Terre et de la Lune

Garde-moi fidèle à ma nature de Vierge
Quand palpite dans la nuit une Lune qui grandit
Quand est venu le temps de renaître à la lumière
Le temps de chanter pour le cœur et la chair

Garde-moi fidèle à ma nature de Mère
Quand la nuit est baignée par la clarté d'une Lune pleine
Quand est venu le temps de faire naître au monde
Le temps d'accueillir, de transmettre, et de prendre soin

Garde-moi fidèle à ma nature d'Enchanteresse
Quand l'ombre s'épaissit tandis que décroît la Lune
Quand est venu le temps de courir seule au plus profond des bois
Le temps du sauvage, de l'intuition et des initiations

Garde-moi fidèle à ma nature de Sorcière
Quand s'ouvrent les mystères d'une nuit sans Lune
Quand est venu le temps de laisser mourir ce qui doit mourir
Le temps de rassembler les os indestructibles de l'âme

Par l'Ombre et la Lumière
Par la Terre et par l'Eau, sources de vie
Par le Feu qui éclaire, nourrit et purifie
Par l'Air porteur du Souffle sacré
Que cela soit.

Pour aller plus loin :

Tout est cycle en et autour de nous ; les saisons, les phases de la Lune, l'alternance jour/nuit, les âges de la vie, la danse de la Vie et de la Mort… La force et la magie des femmes résident en grande partie dans leur capacité à le ressentir, le vivre et le comprendre instinctivement, profondément, dans toutes les fibres de leur corps via leur cycle menstruel.

Relégué par la société patriarcale au rang de simple nuisance biologique sale et plutôt honteuse qu'il faut taire et faire taire, lisser, oublier, il est cependant la clef qui, mieux qu'aucune autre, nous ouvre les portes de nous-même et du Tout qui nous entoure et nous constitue.

L'accueillir comme il se doit, en ami précieux, l'observer, s'observer à travers lui comme au travers d'un miroir fidèle, se laisser guider par les émotions qu'il remue en nous... c'est non seulement un précieux indicateur de notre état de santé, des besoins à respecter et faire respecter afin de la préserver, ainsi qu'une condition essentielle pour gérer sa fertilité le plus naturellement possible, c'est aussi et surtout la source d'un enseignement profond et riche vers plus de sagesse, de justesse et d'harmonie dans nos vies. Et la conscience d'être intrinsèquement reliée à tout ce qui est, a été ou sera.

Comme support de cette observation, vous pouvez vous procurer autant de perles que votre cycle compte de jours. Prenez le temps d'un cycle au moins pour bien choisir les couleurs, les formes, les matières en fonction de ce que représentent pour vous chacune des phases que vous traversez, de ce que vous aurez pu observer de vos émotions, de vos états d'âme, de votre relation à vous-même et au monde au fil des jours. Vous pourrez, si vous le souhaitez, ajouter des breloques ou autres petits objets afin de symboliser ces phases selon ce qu'elles vous inspirent, les images qu'elles vous suggèrent, ce qui fait que votre cycle est le vôtre et que vous êtes qui vous êtes.

À présent, en conscience, enfilez les perles une à une sur un fil de coton, en commençant par la perle représentant le premier jour qui suit l'arrêt de vos lunes. En pensée, revivez ainsi un cycle entier, perle après perle, jour après jour.

Tout d'abord, cette première phase de renouveau, ce printemps qui entame un tout nouveau cycle, comme un vent frais et léger qui rend possible toutes les réalisations.

Puis cette seconde phase, autour de l'ovulation, comme une Lune Pleine et épanouie qui pousse à prendre soin, à donner sans compter.

Ensuite vient cette période qui, passée l'ovulation, vous rend puissante et séduisante d'une féminité épanouie qui n'a d'autre but que de s'exprimer par et pour elle-même.

Enfin, à l'approche des lunes, cet hiver du corps qui vous pousse à l'intériorité, au repli, au repos, à l'hibernation qui permet les bilans, les deuils, et prépare les nouvelles gestations.

Prenez conscience des changements subtils d'énergies qui se jouent au cours de votre cycle, de la façon dont vous vivez différemment chacune de ces phases. Prenez conscience de la similitude qui existe entre votre cycle et le cycle des saisons ou celui de la Lune. Prenez conscience aussi de l'équilibre, ou du déséquilibre, en vous de vos phases les unes par rapport aux autres…

Une fois la dernière perle enfilée, nouez les deux extrémités du fil. Vous avez à présent une vision d'ensemble de votre cycle. Une vision d'ensemble de la femme que vous êtes ; cyclique, changeante, fluctuante… mais entière.

Remarque : Si vous n'êtes pas ou plus menstruée, vous pouvez tout aussi bien baser vos observations sur le cycle de la Lune et la façon dont il vous impacte.

RENAISSANCE

Elle est nue, sa peau couverte de la boue rouge qui est la peau de la Terre, et le temps n'existe pas. Elle vit là, dans cette grotte perdue, depuis une lune ou depuis toujours, et la grotte est chaude, et ronde, et rouge de cette boue rouge qui est la peau de la Terre et la sienne. Cette grotte, c'est un ventre de femme, c'est le ventre de la Terre, c'est le ventre de la Mère. C'est le commencement après la fin, c'est l'attente sereine et confiante, c'est un chaudron. C'est l'Un d'où tout part et où tout revient. Et elle est là, nue, à sentir la terre rouge sous ses pieds nus, sous ses mains nues. À façonner, jour après jour, lune après lune, dans la transe du murmure du ruisseau qui s'écoule du ventre de la Terre vers le Monde du dehors. Elle écoute, et elle apprend comme chaque minuscule instant porte en lui l'éternité, comme chaque parcelle de boue contient déjà tous les vases au ventre rebondi qu'elle façonne ou qu'elle façonnera, tous les pots, tous les bols, tous ces objets modelés par ses mains à partir de la Terre et à l'image de la Mère…

Elle ne se souvient plus qui elle était dans cette vie avant d'entrer ici comme on rentre chez soi, elle se souvient beaucoup plus loin que cela. La terre, le ruisseau, le vent, le soleil qui sèche les poteries, la Lune qui fait remonter comme une vague les rêves de la Mère… Elle a retrouvé la mémoire ancestrale des femmes, doucement, comme on s'éveille au matin et comme on grandit un pas après l'autre. Elle sait maintenant. Et ses mains dans le ruisseau le teintent d'un rouge sang. Le sang des femmes, le sang de la Terre, le sang de vie de la Mère. Et elle sait qu'il est temps…

Dans le plus petit des bols façonnés, elle mélange les plantes que sa mémoire de femme a su reconnaître. Pas de peur. Ses doigts qui ont tant et tant modelé la terre rouge savent d'instinct les gestes qui soupèsent et mesurent avant d'extraire au mortier le jus des visions. Il est temps…

Comme se lève la Pleine Lune, elle s'étend sur la fourrure douce du gardien. L'esprit de l'Ours l'enveloppe de sa force tranquille. Sans peur et sans hâte, elle attend, les yeux perdus dans le halo d'argent de la Lune immense dont la lumière baigne la grotte et son attente. L'ombre noire d'un corbeau en vol raye un instant le disque d'argent et elle frissonne. Il sera là bientôt…

Et le temps de former cette pensée, il est là, en effet. Sa haute silhouette de nuit se découpant dans l'entrée de la grotte. Se mouvant dans son manteau de plumes noires aussi silencieusement que s'il était porté par des ailes. Le crâne de corbeau qui masque son visage tourné vers elle qui l'attend, nue sur la peau de l'ours. Qui l'attend depuis tant et tant de vies façonnées. Et le moment est venu maintenant. Le moment de renaître à son propre pouvoir…

Pour aller plus loin :

Par un soir de Nouvelle Lune, je vous propose d'aller explorer vos mémoires enfouies. Une infusion d'armoise sucrée au miel peut vous y aider. Préparez-la en conscience, en posant l'intention qu'elle vous guide à travers le temps jusqu'à ces vies que vous avez déjà vécues et qui résonnent encore aujourd'hui.

Installez-vous dans un endroit qui vous ressemble et dans lequel vous vous sentez en sécurité. Assurez-vous que vous ne serez pas dérangées durant l'heure qui suivra. Privilégiez l'éclairage des bougies à une lumière artificielle. Si vous possédez une Pierre de Lune Noire ou un Lapis Lazuli, vous pouvez les inviter à vous accompagner dans ce voyage en les tenant dans la main gauche.

Buvez votre infusion lentement, sentez chaque gorgée descendre le long de votre trachée jusqu'au plus profond de vous. Sentez son odeur et la chaleur de la tasse entre vos mains. Ensuite, allongez-vous confortablement et couvrez-vous d'un plaid ou d'une couverture chaude et douce. Fermez-les yeux.

Sentez le poids de votre corps sur le sol ou sur le matelas. Imaginez une chaleur douce remonter depuis vos pieds jusqu'au sommet de votre crâne, envahissant une à une chaque partie de votre corps. Concentrez-vous maintenant sur votre souffle : inspirez profondément la paix et la confiance, expirez longuement la peur et le doute. Faites-le autant de fois que nécessaire, puis laissez votre respiration reprendre un rythme naturel.

Vous vous trouvez au sommet d'un escalier. À chaque respiration, vous descendrez une marche. Comptez dix respirations, dix marches…

Vous êtes maintenant devant un voile fin qui ondule comme sous l'effet d'une brise légère. De la main droite, vous allez écarter ce voile et découvrir, derrière, ces vies qui vous appartiennent. Vous allez vous reconnecter à ces expériences déjà vécues, ces connaissances,

ces compétences qui ont été et sont toujours vôtres. Vous allez vous souvenir... Maintenant.

Quand vous sentirez qu'il est temps, vous repasserez tranquillement de l'autre côté du voile. Puis, lentement, vous remonterez les marches une à une. Vous reviendrez mais vous n'oublierez pas...

Pas de souci si vous n'y parvenez pas dès les premières fois ; la peur de l'inconnu peut être un frein puissant, tout comme le fait de nourrir trop d'attentes. Comme pour toute pratique magique ou chamanique, la clef, en même temps que la difficulté, est le lâcher-prise. Essayez autant que possible de ne pas vous mettre de pression, de rester dans l'instant et de vivre entièrement cet instant, quoi qu'il puisse vous apporter d'attendu ou d'inattendu. Surtout, ne doutez pas de vos capacités ; tout est en vous, vous n'avez besoin que d'un déclic pour vous souvenir.

ASKA OU LE PILIER DU MONDE

Tout le jour, elle s'était sentie lourde d'une lourdeur qui lui pesait au creux des reins et pulsait dans son ventre. Tout le jour, elle s'était sentie irritable et nerveuse, tendue comme la corde d'un luth, en attente d'un indéfinissable événement. Comme emplie d'une énergie trop grande pour son corps, qui tournait et tournait en elle sans trouver d'exutoire. Et tout le jour, le bruit des autres, l'agitation des autres, lui avaient semblé insupportablement intrusifs, presque agressifs… Aussi, alors que l'après-midi touchait à sa fin, n'y tenant plus, Aska s'éloigna seule, prenant le chemin de l'étang où avec ses amies elle avait pour habitude, les chaudes journées d'été, de venir s'ébattre dans l'eau claire et fraîche.

L'été s'en était allé depuis un moment déjà, et les arbres laissaient pleuvoir à la surface de l'eau calme leurs dernières feuilles d'or et de bronze dans la lumière particulière du jour qui s'éclipse lentement. Cette vue la rasséréna aussitôt et l'attrait de l'eau était si puissant que, sans une pensée pour sa température probablement basse, elle se défit de sa tunique et s'y avança. Le froid la saisit aussitôt, et c'était exactement la réponse qu'il fallait à son corps fébrile. Aska s'y glissa toute entière et se mit à nager avec délice, trouvant là le réconfort qu'elle avait recherché tout le jour.

Bien sûr, elle avait l'âge qu'ont les filles quand elles deviennent femmes. Bien sûr, nombre de ses amies se rendaient déjà chaque lune à la maison des femmes. Bien sûr, elle attendait avec un mélange d'appréhension et d'impatience que son tour arrive. Et cependant, à aucun moment ce jour-là elle n'avait songé que ce malaise diffus pouvait signifier que le passage était sur le point de s'ouvrir pour elle. Aussi, quand sortant de l'eau elle sentit ce liquide chaud s'écouler d'elle, quand baissant les yeux elle vit ces fins ruisseaux rouges descendre le long de ses jambes nues, resta-t-elle comme figée de stupeur. Ainsi c'était cela ? Ainsi ce n'était que cela, ce grand mystère dont les hommes évitaient soigneusement de parler, dont les femmes elles-mêmes ne parlaient qu'à demi-mots ? Et que devait-elle en faire, maintenant ? Se rendre à la maison des femmes où chacune des femmes du village passait ses jours de lune ? Elle se sentait incapable de bouger, en vérité. Et comme elle restait là, le jour déclinait, les premières étoiles apparaissaient, et le sang coulait toujours, noir sur sa peau pâle maintenant que s'avançait la nuit. C'était le temps de la Lune Noire, bien sûr, et malgré tout, elle discernait toujours les filets sombres qui, lentement, glissaient le long de ses jambes vers la Terre qui les recueillait. Et comme dans un rêve, elle imagina un instant que les ruisseaux de son sang de lune pénétraient la Terre et, telles des racines rouges, s'y ramifiaient et la creusaient, l'enracinant, elle, toujours plus profondément.

Un frisson la ramena à la réalité, et elle prit peur soudain dans la nuit qui était tombée pour de bon. Elle enfila à la hâte sa tunique et se mit à courir, courir vers le village qu'elle traversa sans s'arrêter, courir vers la maison isolée, là-bas, la maison qui, petite fille, l'attirait tout en l'effrayant un peu.

La porte n'était pas verrouillée, bien sûr ; personne n'aurait osé y pénétrer à moins d'avoir pour cela une bonne raison. Et la seule raison qui fut bonne était celle qui s'écoulait entre ses jambes. Elle entra donc, et pénétra dans une grande pièce sombre et chaude où seuls luisaient quelques braseros, éclairant des amoncellements de fourrures et de coussins. La pièce était déserte, mais la lueur d'un grand feu et la rumeur de chants fredonnés l'attirèrent jusqu'à la cour intérieure où se trouvait réuni un groupe de femmes formant un cercle autour du feu.

Leurs corps ondulaient doucement sans que jamais leurs pieds ne quittent le sol, chacune fredonnant une mélodie qui lui était propre. Et cependant, la somme de toutes ces mélodies distinctes formait comme un chant sauvage et envoûtant qui s'élevait vers le ciel nocturne en même temps que la fumée du feu de bois.

Aska fit un pas en avant et, le plus naturellement du monde, le cercle s'ouvrit pour lui faire place. Aska devina que toutes ces femmes étaient, comme elle-même l'avait été au bord de l'étang, enracinées par leur sang à la Terre. Et de l'avoir compris, elle permit à ses propres racines d'y plonger à nouveau. Elle se laissait bercer par le chant des femmes et par la pulsation de son ventre qui poussait toujours plus loin son sang vers le cœur de la Terre, l'abreuvant et la nourrissant, quand elle prit conscience que, s'enroulant autour de ses racines, un courant d'énergie remontait de la Terre elle-même vers son ventre. Il lui sembla percevoir, émanant du ventre de chacune de ses compagnes, une vague lueur d'un rouge-rose tendre et elle sut que chacune d'elles communiait de la sorte avec la Terre.

Une main saisit la sienne à sa gauche, puis à sa droite, et ce fut comme si un anneau de lumière les reliait toutes. Quand leurs bras se levèrent d'un même mouvement, elle sentit l'énergie s'élever elle aussi et monter, monter jusqu'à toucher le ciel. Et, de la même façon qu'avait été créé un échange avec la Terre, du Ciel descendit une lumière argentée qui les enveloppa toutes.

Longtemps, elles restèrent ainsi, se balançant et oscillant comme des arbres dans le vent, recevant à la fois de la Terre et du Ciel une énergie qui se concentrait au creux de cette grotte intime lovée dans leur ventre. Et elles étaient, en vérité, un bosquet sacré composé d'arbres puissants et souples. Elles étaient, en vérité, le lien qui unit la Terre au Ciel et par lequel peut apparaître l'étincelle de Vie.

Les jours qui suivirent, Aska dormit beaucoup dans ce lieu qui était comme un cocon propice à toutes les renaissances. L'ambiance chaude et feutrée rendait toute chose plus profonde, plus riche de symboles et de compréhension. Elle dormit, elle rêva, elle posa des questions et reçut des réponses, elle échangea des gestes d'une douceur infinie, se nourrit de miel et de fruits, s'abreuva d'eau et de décoctions de plantes qui, toutes, étaient porteuses d'un enseignement. Il lui arriva de se dire qu'elle pourrait avec bonheur passer ici le reste de sa vie.

Et pourtant, à mesure que la Lune réapparaissait et grandissait dans le ciel nocturne, son sang se tarissait et elle sentait croître en elle l'appel du Soleil et de la vie du dehors. Elle finit bien évidemment par quitter la maison des femmes, consciente que sa nature l'y rappellerait chaque fois que la Lune serait de nouveau noire. Elle s'engagea sur le sentier qui la ramenait au village et, sous ses pieds, la Terre avait une douceur tendre de mère. Au-dessus d'elle, le Ciel avait des allures de père protecteur et bienveillant. Et au creux de son ventre, palpitait un morceau de Lune...

Pour aller plus loin :

Ce sang qui vient de vous n'est pas sale ou malsain. Il n'est pas synonyme de blessure ou de mort ; il est le symbole du pouvoir de création et de transformation des femmes et, par là-même, il est sacré. Il est ce qui nous relie à la nature cyclique de tout ce qui est, ce qui nous enseigne que ce qui vit doit mourir pour que ce qui meurt puisse renaître, il est porteur du sens et de la sagesse de la Vie et, par là-même, il est sacré.

Écartez de votre esprit tous les a priori, tous les tabous induits par la société. Prenez le temps de l'observer, peut-être de le toucher, de le sentir… Voyez-le enfin pour ce qu'il est, réappropriez-vous votre sang de lune. Réappropriez-vous votre féminité et votre pouvoir de femme. Et ce faisant, pardonnez et soignez les blessures liées à ce sang de lune, à ce sang de femme, à votre féminité naissante et peut-être mal accueillie ou déjà bafouée. Votre féminité, en tout cas, qu'on n'a jamais honorée, qu'on ne vous a jamais appris ou autorisée à honorer. Vous pouvez le faire maintenant, en conscience, avec tout le respect et la douceur dont vous avez besoin. Offrez-vous ce cadeau comme un soin qui vous est dû, recevez-le comme une guérison nécessaire.

Si vous le souhaitez, vous pouvez recueillir tout ou partie de votre sang de lune et le rendre à la Terre en une offrande qui nourrira et renouvellera votre lien avec Elle. Diluez votre sang dans de l'eau (vous pouvez aussi, par exemple, utiliser l'eau de rinçage de vos serviettes lavables) puis, toujours en conscience, versez-le sur le sol dans un endroit que vous aurez choisi, un endroit qui vous parle, qui résonne en vous, qui a une signification particulière pour vous et où vous vous sentez bien, ou encore au pied d'une plante qui symbolisera votre connexion à la Nature. Sentez, ressentez le lien, laissez-le vous imprégner. Sentez, ressentez comme vous faites partie intégrante de cette Nature qui vous porte et vous nourrit. Sentez, ressentez comme Elle vous constitue. Accueillez ce lien dans toutes vos cellules, et remerciez...

Remarque : Si vous n'êtes pas ou plus menstruée, sachez que votre Utérus reste le siège de votre pouvoir créateur. Vous pouvez donc, quand vous en ressentez le besoin, visualiser des racines partant de votre Utérus pour aller vous ancrer profondément à la Terre et puiser en elle une énergie qui vous nourrit et vous régénère.

COMBATS

La semi-elfe a interrompu son chant. Les sens en alerte, elle écoute la forêt chuchoter sa réprobation et sa crainte. Un étranger s'avance, troublant la tranquillité du royaume sylvestre. Ne sait-il pas que ce bois est sacré ? Comment ose-t-il s'aventurer ainsi sur le territoire de son peuple, sur SON territoire ?

Avec agilité, Léane passe silencieusement de branche en branche, d'arbre en arbre. Sa courte tunique de daim, ainsi que sa peau halée lui permettent de se fondre parfaitement dans le décor, d'autant plus efficacement que l'intrus est un humain, à la perception limitée donc.

Elle le voit à présent, il est là, à quelques pas seulement au-dessous d'elle ; un homme armé d'une épée dégainée, avançant d'une démarche qui, pour être prudente, n'en est pas moins altière. En ce lieu qui lui est hostile, il a toutes les chances de devenir proie, il le sait sans doute, mais son regard est celui d'un félin et nulle peur ne s'y devine.

Léane le trouve à son goût, et son sang de dryade, hérité de sa mère, bat soudain plus fort dans ses veines. D'une certaine façon, le guerrier a de la chance qu'elle l'ait repéré avant l'un des elfes de pure souche de son clan ; eux n'auraient pas eu ses… scrupules. Léane esquisse un sourire quelque peu carnassier ; d'une certaine façon, oui, il a de la chance, mais d'une certaine façon seulement. Car si l'étranger sera épargné par les flèches elfiques, il n'est pas dit qu'il ne périra pas sous sa dague à elle. Mais pourquoi perdre une occasion de s'amuser un peu ? À lui de tenir les promesses que suggèrent son apparence et son attitude…

Souplement, la semi-elfe se laisse glisser derrière le guerrier qui, aussitôt, se retourne et lui fait face, garde levée. Amusée, elle lui laisse le temps de la détailler. Non, elle ne lui est pas indifférente, mais quel humain pourrait rester de marbre devant une métisse mi-elfe, mi-dryade ? Celui-ci ne fait pas exception, elle le lit dans ses yeux. Pour autant, il ne fait pas l'erreur que d'autres avant lui ont déjà commise de relâcher son attention et de sous-estimer le danger qu'elle représente. Lui, elle en est persuadée, a su évaluer à leur juste valeur la puissance inavouée de ses muscles longs et fins, ainsi que le tranchant de la dague effilée qu'elle tient négligemment à la main. Par ailleurs, la forme de ses oreilles et la couleur ambrée de sa peau ont déjà dû le renseigner sur sa nature elfique, et la valeur des elfes au combat est connue et reconnue même chez les humains. Non, elle non plus n'a pas pour habitude de se considérer comme une proie, à juste raison…

Pas un mot ne sera échangé. Il sait qu'il a pénétré un endroit interdit dont elle est l'un des gardiens. Il sait qu'elle pourrait vouloir le lui faire payer de sa vie. Il sait qu'il n'a aucune pitié, aucun pardon à attendre d'elle. Et elle sait qu'il n'a nullement l'intention de l'implorer. Sa dignité lui plaît. L'idée de le combattre, plus encore…

Les adversaires se font face, chacun attendant patiemment que l'autre fasse le premier pas, porte le premier coup. Bien, il sait faire preuve de sang-froid… Les yeux de Léane se font provocants, le défi y est clairement inscrit : « Oseras-tu t'approcher ? ». Un sourire passe dans ses yeux à lui. Comme elle l'avait espéré, le défi est relevé, il entre dans son jeu. Alors commence le combat.

Épée contre dague, les lames dansent, s'effleurent, s'esquivent, s'écartent puis se cognent avant de s'éloigner à nouveau… La dextérité et la rapidité de Léane compensent largement le fait que sa dague elfique soit deux fois moins longue que l'épée bâtarde de son adversaire. Celui-ci a l'impression que la lame n'est qu'une extension du bras de la jeune elfe, qu'elle fait partie de son corps. Tous ses coups sont portés avec un mélange de grâce naturelle, d'audace calculée et de facilité apparente. Et la plupart représentent un danger réel, un danger mortel. Si c'est un jeu, elle n'a pour autant aucune intention de l'épargner, et c'est bien pour défendre sa vie qu'il combat. Lui non plus, d'ailleurs, ne retient pas ses coups. Il se révèle être un adversaire redoutable, même pour une semi-elfe, et Léane n'évite parfois que de très peu que le tranchant de sa lame n'entaille plus que superficiellement sa peau. Bientôt, tous deux se retrouvent couverts de coupures sans gravité, certes, mais dont la douleur est diffuse, lancinante, épuisante.

Enfin, esquivant un coup d'estoc, Léane se glisse sous le bras de l'homme puis dans son dos. Sa main gauche agrippe les cheveux du guerrier et tire sa tête en arrière tandis que la pointe acérée de sa dague vient appuyer contre sa gorge, amenant sur sa peau une perle écarlate. Il a fermé les yeux. Reconnaissant sa défaite, il l'accepte dignement et attend sa fin sans se départir de sa fierté…

Mais Léane en a décidé autrement : sa langue vient lécher la peau salée de sueur de son cou, puis, laissant se relâcher la morsure d'acier de sa lame, elle recule vivement hors de sa portée. Lentement, le guerrier se retourne et lui fait face de nouveau. « Que veut-elle ? Qu'attend-elle ? ». Comme en réponse à cette interrogation muette, la semi-elfe, sans le lâcher du regard, ôte soudain sa tunique, dévoilant son corps nu, puis, avec un clin d'œil complice, la jette au visage de l'homme. Le temps qu'il se débarrasse du vêtement, elle s'est déjà évanouie dans les bois, le laissant seul, perplexe, la tunique tachée de sueur et de sang se balançant inutilement au bout de son bras.

Soudain la forêt toute entière semble résonner d'un rire clair. Alors, sans réfléchir, oubliant toute prudence, le guerrier se lance vers la source de ce bruit incongru. Sa course est de courte durée ; très vite il débouche dans une clairière traversée par un ruisseau. Elle est là, qui l'attend de l'autre côté, le regard rieur, exhibant sans pudeur la nudité de sa peau couleur de miel que ne voile même pas sa longue chevelure brune dans laquelle s'allument les reflets rougeoyants des derniers rayons du soleil.

C'est un autre défi qu'elle lui lance, une invitation à un autre genre de combat. Et le guerrier l'accepte, conscient pourtant que ce combat-ci est perdu d'avance…

Pour aller plus loin :

Laquelle d'entre nous n'a jamais éprouvé une certaine angoisse en marchant seule dans une rue déserte ? Laquelle d'entre nous n'a jamais éprouvé la crainte d'être considérée comme une proie ou, au mieux, un trophée par l'homme qui cherchait à la séduire ? Laquelle d'entre nous ne s'est jamais retenue d'agir selon ses désirs par peur d'être considérée comme une « allumeuse » et de perdre le respect de l'autre en face ? Les vieux clichés ont la vie dure… Et cependant, si nous sommes absolument honnêtes, peut-on vraiment n'en blâmer que la société, les hommes, les « autres » ?

Je vous propose de réfléchir à ces questions : dans quelle mesure entretenons-nous nous-mêmes ces schémas ? Qu'est-ce qui, dans notre attitude envers nous-même, dans l'image que nous avons et que, donc, nous renvoyons de nous, peut induire chez les autres des comportements peu respectueux à l'égard de nos corps, de nos désirs, de notre nature de femmes ? Ne serait-il pas temps de nous réapproprier notre féminité, non pas selon les critères de la société, mais selon nos propres critères, ce que nous sentons être notre nature ? Ne serait-il pas temps de nous accorder à nous-même ce que nous attendons des autres ?

Prenez un moment pour vous, et uniquement pour vous. Faites-vous couler un bain, ajoutez-y des plantes ou des huiles propices à la détente, allumez des bougies, choisissez un encens dont le parfum vous plaît, une musique qui vous transporte. Glissez-vous dans l'eau. Détendez-vous...

Maintenant, remémorez-vous les moments où vous êtes allées contre vos besoins, contre vos désirs, pour vous conformer aux injonctions de la société ou par peur du regard de l'autre. Qu'est-ce qui justifiait cela ? Qu'est-ce qui fait que vous ne vous êtes pas autorisée à vous écouter ? Quelles auraient été les conséquences si vous aviez suivi l'élan de votre cœur ou de votre corps ? Qui vous respectera pour ce que vous êtes si vous ne le faites pas ?

À présent, prenez le temps de sentir chaque parcelle de votre corps, ses contours. La façon dont il répond à la chaleur de l'eau, aux parfums, à la musique, à la douce lueur des bougies… Sentez comme il est le réceptacle de ces sensations agréables qui vous font vous sentir bien, qui vous font, en cet instant précis, vous sentir entière. Votre corps est votre royaume. Un royaume unique dont vous êtes la souveraine. Nul n'entre en votre royaume que vous n'ayez invité à le faire. Nul ne se comporte en votre royaume d'une façon que vous n'avez pas autorisée. Vous et vous seule êtes maîtresse en votre demeure. Il est temps maintenant de reprendre la responsabilité de ce royaume. Il est temps maintenant de recouvrer votre couronne et de régner enfin. Prenez une grande inspiration et plongez la tête sous l'eau, comme pour un baptême qui vous lave de vos peurs, de vos doutes, des blessures qu'on vous a infligées ou que vous vous êtes infligées. Quand vous sortirez de l'eau, vous serez nue à nouveau, belle et puissante. Vous serez Reine.

PIERRES LEVÉES

J'ai rêvé Pierres levées. Un sentier escarpé, la lumière qui décline, le silence recueilli. Et quand on levait les yeux vers le ciel, ce sont les Pierres que l'on voyait. Pierres Levées, immenses et sombres se détachant sur le gris-mauve du crépuscule.

J'ai rêvé le bruit mat de nombreux pieds jusqu'au sommet. Le Cercle Sacré que l'on ne doit pas pénétrer, et cet autre cercle à l'extérieur, cercle de lumière quand les torches se sont embrasées. J'ai rêvé l'attente silencieuse, temps suspendu et souffle retenu…

Et soudain, le temps d'un battement de cœur, d'un clignement d'œil, à l'instant où la Lune apparaît dans ce ciel d'équinoxe, Elle est là. Là comme si Elle y était depuis toujours. Immobile, irréelle, sa peau d'une blancheur argentée et son corps nu, majestueux. Droite et fière, Elle se tient là, debout devant l'autel de pierre, au centre exact du Cercle. Au centre exact du Monde. Et de La voir là, on sait sans aucun doute qu'on pourrait vivre pour Elle. Et mourir pour Elle. Et on se sent le cœur sur le point de se fendre et d'éclater en autant de morceaux que la nuit compte d'étoiles. Et on sait pourtant, on sait que la nuit ne fait que commencer…

Son regard à Elle, serein et d'une infinie patience, est tourné vers l'Est. Et voilà qu'Il apparaît à son tour, et il est indéniable que tous deux sont de la même essence. Il s'avance vers l'autel où Elle l'attend toujours et sa démarche est souple, déliée, ses muscles jouent sous sa peau dorée et sa tête est couronnée de bois immenses. Pour autant, Il n'a rien de conquérant, juste une tranquille certitude que ce qui doit arriver est sur le point d'arriver et que tout est juste.

Comme Il s'approche, Elle Lui tend les bras, Il L'enlace, et c'est comme le commencement des temps, les prémices de la naissance du Monde. Quand Il pose la tête sur son ventre blanc, les larmes coulent de tous les yeux. Et quand Il s'abreuve à son sein, toutes les gorges se font sèches.

Autour du cercle, quelques tambours ont commencé à battre, lentement, presque hésitants. Puis, peu à peu, d'autres les ont rejoints, faisant écho à la puissance des deux corps qui s'entremêlent, à cet élan qui les pousse l'un contre l'autre. Cette force qui fait qu'Il se dresse et qu'Elle l'accueille et qu'à Eux deux, ne faisant plus qu'un, Ils ouvrent à nouveau la Voie. Et les tambours battent plus vite, toujours plus vite, au rythme de leur étreinte, au rythme des cœurs qui battent la chamade dans les poitrines, des souffles haletants, et c'est comme une harde de cerfs déferlant sur la plaine pour ensemencer la Terre. Et déjà certains s'écroulent, tant sont puissantes les vagues de volupté qui pulsent de l'Autel. Mais d'autres sont là pour reprendre les flambeaux, pour garder vivante et forte la Lumière du cercle, la Lumière de la Vie que rien n'éteint.

Le temps s'est effacé, fondu comme plomb à la chaleur intense de l'Union Sacrée. Quand un jour nouveau s'est levé, tous ont émergé d'un étrange sommeil, se découvrant nus ou presque, étendus sur l'herbe fraîche ou sous les branches des pommiers, leurs membres las parfois encore emmêlés à d'autres, engourdis par des souvenirs aux allures de songes décousus. Et tous, ce matin-là, sentaient la Vie battre un peu plus fort dans leurs veines. Tous avaient, chevillée au corps et à l'âme, la certitude qu'une fois encore le Grand Mariage avait été célébré et l'Équilibre rétabli.

J'ai rêvé, Pierres Levées. On dit qu'Elle a disparue, évaporée dans les spirales du temps. Assassinée peut-être sur d'innombrables bûchers, ou détrônée par d'autres idoles. Mais j'ai rêvé les Pierres Levées, j'ai gravi le sentier, entendu battre les tambours et senti maintes fois palpiter en mon ventre cet appel irrésistible et sauvage. Et je sais comme on respire que sous les plus hautes branches des forêts les plus anciennes, la grande harde court toujours. Qu'au sommet de collines perdues dans les brumes se dresse toujours le Grand Cercle. Quand affleurent les souvenirs, émerge le paysage. Que je me souvienne, et je retrouve enfin l'Équilibre…

Pour aller plus loin :

Regardez autour de vous, dans la Nature ; la dualité est à la fois la norme et une nécessité au mouvement et à l'émergence de la Vie. Ainsi, pas d'été qui ne soit précédé d'un hiver, pas de jour sans nuit. La vie n'aurait certes pas la même valeur s'il n'y avait la conscience de la mort, et c'est dans l'obscurité que la flamme brille avec le plus d'intensité. On dit que les opposés s'attirent et se complètent, mais c'est que chacun ici n'aspire qu'à se sentir complet, justement, entier. Et équilibré.

Prenez conscience de la dualité qui existe en vous-même, de vos parts d'ombre, de vos blessures, de vos désirs inavoués parce que considérés comme inavouables. Prenez conscience que personne ne peut vous compléter, vous mener à l'intégrité et à l'équilibre si ce n'est vous-même. Ce que vous cherchez en l'autre, dans le cadre du couple notamment, vos attentes à son égard, ne sont que le reflet de ce que vous devez chercher en vous. De la même façon, ce qui vous déplaît, vous irrite, voire vous fait peur chez l'autre, n'est que la projection de ce que vous refusez sans doute de voir en vous.

L'harmonie, la sérénité, la confiance qui vous permet d'avancer ne sont que le fruit d'un équilibre que vous aurez su trouver vous-même au sein de votre propre dualité, à condition d'avoir au préalable accepté cette dualité. Et ainsi, équilibrée vous-même, vous saurez construire avec les autres des relations saines, sans attentes ni dépendance.

Je vous invite à un voyage à la découverte de vos ombres… Asseyez-vous confortablement dans un endroit calme et obscur, éclairé seulement par la lumière d'une unique bougie. Fermez les yeux. Ancrez-vous, centrez-vous. Sentez chaque partie de votre corps, de vos pieds jusqu'au sommet de votre crâne.

Maintenant, visualisez face à vous un grand miroir recouvert d'un voile noir. Posez l'intention d'y voir vos ombres, de les regarder en face. Quand vous vous sentirez prête, soufflez sur le voile et regardez dans le miroir.

Prenez votre temps, rien ne presse. Regardez d'abord dans vos yeux. Accueillez ce qui se présente sans jugement, sans chercher à analyser. Puis élargissez votre champ de vision à votre visage entier. Accueillez. Il n'y a pas de jugement, pas de bien ou de mal, simplement une autre facette de votre vérité, une autre partie essentielle de qui vous êtes. Élargissez encore et, tout en restant focalisée sur votre visage, voyez aussi le décor en fond. Prenez le temps d'accueillir la peur, le dégoût ou toute autre émotion négative, puis soufflez dessus comme vous avez soufflé sur le voile. Laissez-les s'évaporer. Accueillez ce qui se présente maintenant.

À présent, tendez la main comme pour toucher votre reflet, caresser sa joue, ses lèvres… La séparation est une illusion. Sentez comme vous avez soif d'union…

Quand vous vous sentirez prête, remerciez votre reflet pour ce qu'il a pu vous enseigner. Remerciez vos ombres pour ce qu'elles disent aussi de vous, ce qu'elles apportent à votre humanité, puis, doucement, revenez...

LE DON DE L'ANGE

Je dormais. Et sans doute, je rêvais – car à quoi bon dormir si ce n'est pour rêver ? Mais de ces rêves paisibles et éphémères qui se retirent dans l'oubli aux premières lueurs de l'aube. La fenêtre était ouverte pour laisser à mes sens la jouissance, en mon absence ensommeillée, de la douceur de cette nuit d'été, de la caresse diffuse de la brise nocturne, du chant langoureux qu'adressent les habitants de l'ombre à la scintillance des étoiles… La Lune était pleine de sa lumineuse rondeur et l'un de ses rayons vint effleurer mes paupières, doigt de fée leur enjoignant de s'ouvrir.

Un ange était là, délicatement posé au pied du lit, veillant sur mon sommeil interrompu. Un songe, sûrement, l'avait attiré. Un regard le retint prisonnier, lui qui habituellement, comme ses semblables, avait coutume de les fuir, protégeant ainsi sa nature mystérieuse.

Les anges sont muets, comme chacun sait. Ils parlent d'autres langages, entendent d'autres paroles que celles que les mots portent. Mon ange en cela ne dérogeait pas à la légende. Aussi s'approcha-t-il à la seule demande de mes yeux, et ses mains parlèrent à ma peau. À ses lèvres je bus l'hydromel, ce nectar des dieux tiré du miel lunaire. Durant l'infinitude d'une étreinte, il me prêta ses ailes blanches et je m'envolais… À l'abri de ses bras mais plus libre que jamais, je connus alors le vertige de ses caresses aériennes.

Les anges n'ont pas de sexe, dit-on, c'est qu'ils sont parfaitement, entièrement érotisés. Nul besoin d'attributs de chair quand leur moindre sourire suffit à sensualiser l'âme… Et mon ange me souriait.

Le voyage aurait pu ne jamais finir, il s'acheva pourtant. Comme l'aurore s'annonçait, parant d'or la voûte céleste, l'ange me rendit à mon sommeil avant de regagner l'asile éthéré des rêveries humaines. Aucune tristesse ne vint assombrir de si tendres adieux. Les anges sont muets, mais ses mains m'avaient parlé, faisant naître en mon esprit un unique mot qui s'y grava, indélébile.

Plus jamais mes yeux ne surprirent ce visiteur nocturne. Il est là, pourtant, présent dans chacune des choses dont s'éprend mon âme. Son message résonne encore à chaque battement de mon cœur devenu plus grand, plus vivant, plus sensible à la beauté du monde : « Aime ! »

Et comme j'aime fort à présent, comme j'aime bien…

Pour aller plus loin :

L'Amour est ce pur ressenti de l'âme que le mental ne vient pas entacher de peurs ou d'attentes. C'est ce sentiment de plénitude que nous éprouvons par moment et qui, l'espace d'un instant, va nous combler et nous régénérer durablement.

L'Amour n'a évidemment rien d'un muscle et, cependant, notre capacité à aimer peut-être entraînée de sorte que, petit à petit, elle nous redevienne naturelle.

Je vous propose de vous poser un instant, si possible en pleine nature, et de décider, en conscience, de vivre entièrement cet instant comme si rien d'autre n'existait que ce qui entre ici et maintenant dans le champ de vos perceptions.

Ancrez-vous, centrez-vous. Sentez l'air pénétrer par votre nez, gonfler vos poumons. Imaginez-le se diffuser dans tout votre corps. Prenez le temps de suivre les vagues de vos inspirations, de vos expirations. Sentez votre respiration se faire plus calme, et en même temps plus ample…

Laissez maintenant votre conscience courir sur votre peau et sentez… L'étoffe de vos vêtements, la caresse du vent sur votre visage, la chaleur du soleil, l'humidité de la mousse sur laquelle vous êtes assise. Résistez à l'envie d'attribuer à ces sensations les notions d'agréable ou de désagréable ; observez-les et accueillez-les simplement pour ce qu'elles sont, et voyez comme elles se fondent et vous enveloppent...

Concentrez-vous ensuite sur les sons ; sans bouger, écoutez de toutes vos oreilles, prêtez attention au moindre son, sans chercher à l'analyser. Accueillez-le simplement. Entendez comme tous ces sons distincts se mêlent et s'entremêlent, comme chacun a sa place et forme un tissu sonore. Comme ce tissu habille l'instant et le rend tangible, et comme le son léger de votre souffle, du battement de votre cœur, s'y intègre parfaitement…

Faites ensuite de même avec les odeurs. Sentez comme chacune se mêle à l'air que vous respirez et vous pénètre. Sentez comme toutes ensemble elles en forment une autre, riche, unique ; le parfum unique de cet instant unique…

À présent, sans vous couper ni des sons, ni des odeurs, ni du mouvement de l'air dans votre corps, ni des sensations de votre peau, tout en restant parfaitement immobile, regardez autour de vous, toujours sans analyser. Cherchez à tout voir dans les moindres détails, puis laissez de nouveau les détails s'amalgamer en un tableau de couleurs éclatantes. Ressentez à quel point vous faites vous-même partie de ce tableau, à quel point vous vous y fondez...

Vous êtes ici, entièrement présente, vivante de cette vie qui vous entoure et dans laquelle vous vous incorporez. Savourez le fait, si simple et miraculeux à la fois, d'être en vie et de faire partie de cet unique instant et de ce Tout si riche. En cet instant, vous n'avez besoin de rien d'autre. Contentez-vous de vivre… et d'aimer.

ÉVEIL

Ève veille. Sous clarté de lune les apparences s'estompent, l'obscurité laisse entrevoir la présence de mystères que la lumière ordinaire dissimule.

Ève veille. Le repos et la paix se refusent à qui a effleuré l'énigme sans en découvrir la clef. Un sens caché, une profondeur à explorer, un chemin qui se dérobe, et la réalité admise jusque-là se fait mensonge, devient insuffisante.

Ève erre dans la nuit. Elle a quitté sans bruit la couche où repose l'Homme endormi. Il a sa place au soleil, à la clarté aveuglante du jour. La pénombre lui est étrangère, le sommeil l'en tient à l'écart. Il n'en va pas de même pour sa compagne ; Ève est attirée par la nuit. Malgré elle, malgré lui, malgré tout. Elle erre sous les étoiles, tous ses sens en alerte, comme décuplés, s'emplissant, s'enivrant d'une vérité autre et indéfinissable, l'envers troublant d'un décor qui semblait sans surprise.

Ève absorbe les réponses inexprimées à des questions qui n'étaient pas censées se poser. Devine et frôle, nuit après nuit. Sa vision se modifie et se libère, imperceptiblement, inconsciemment. Inévitablement.

Les choses changent, rien n'est immuable, rien ne doit l'être. Pourtant il est un équilibre à maintenir, un équilibre précaire mais indispensable. Voilà ce que chuchote l'astre nocturne à qui accepte de l'entendre. Comme la nuit est nécessaire au jour et le jour à la nuit. Comme l'hiver à l'été, l'ombre à la lumière, le féminin au masculin, la mort à la vie… Un équilibre indispensable, oui, pour que s'enchaînent les cycles, pour que le monde tourne et grandisse comme il se doit. Pour que la vie s'épanouisse. L'immobilité serait la fin, le néant.

Un équilibre vital qui ne doit pas être laissé aux mains du hasard ou d'un Dieu tout puissant qui n'aspire qu'à le rester. La responsabilité et la liberté de tout ce qui vit, quelle que soit sa nature, parce que tout ce qui vit a sa raison d'être au sein de cet équilibre. Anges et serpents à égalité, pas de bien ni de mal, seulement un équilibre à trouver et à conserver.

Ève comprend. Et parce qu'elle comprend, l'Éden figé se délite autour d'elle. Les choses doivent changer. Elles changent.

Un instinct : ses mains se posent sur son ventre. Un changement en elle. Quelque chose qui grandit. Une nouvelle vie, un nouveau cycle.

Ève sourit à la nuit. Dieu est mort ; elle porte le monde.

Pour aller plus loin :

Le pouvoir des femmes est création et transformation. Et c'est de ce pouvoir que peut surgir la vie.

Lancez-vous un défi ; tous les jours ou toutes les semaines, sur une durée que vous choisirez, prenez l'engagement de créer quelque chose. Ce peut être un tableau, une histoire, un vêtement tricoté, une poupée cousue, une figurine modelée, un mobile fabriqué à partir de branches ou de pommes de pin ramassées lors d'une promenade, une recette élaborée ou juste améliorée en remplaçant un ingrédient par un autre, des perles enfilées pour former un collier… Ce peut être n'importe quoi, il n'y a pas de petite ou de grande création, mais créez ; là où il n'y avait rien que des matériaux bruts, faites naître de vos mains quelque chose qui portera un peu de ce que vous êtes.

Sentez comme le fait de créer vous rend plus vivante, comme cela vous rapproche de votre véritable nature et de la flamme divine qui vous anime.

Sentez comme le fait de créer vous transporte dans un état légèrement modifié de conscience, comme cette forme de transe peut être riche en enseignements.

Sentez comme créer en conscience est un acte magique qui ouvre d'autres portes, vers le monde et vers vous-même. Et comme le processus s'étend en ondes toujours plus larges, envahissant, si vous le permettez, tous les domaines de votre vie.

Et sentez comme vos créations, une fois mises au monde, ne vous appartiennent déjà plus. Comme elles aspirent à être par elles-mêmes, se modifiant, évoluant au rythme des rencontres et des événements, au rythme du monde et de la vie… Prenez conscience de cet instant où le Féminin en vous rencontre le Masculin en vous, et comme de cette rencontre se crée le Mouvement...

AVÈNEMENT

Les douleurs avaient débuté dans la journée. Sarah s'était figée soudain, les mains plaquées sur son ventre, l'étonnement dans ses yeux, et les aïeules avaient souri ; ce serait pour cette nuit. Et cette nuit la Lune serait pleine, heureux présage.

Tout le jour, le campement de la tribu avait vibré du doux murmure des femmes chantant en cette langue que les hommes ne pouvaient comprendre pour apaiser l'enfant, lui demander d'attendre encore, jusqu'à ce que la clarté laisse place à la calme pénombre. Le jour est le domaine des hommes, la magie des femmes est nocturne. Et l'enfantement est affaire de femmes, la plus haute et la plus mystérieuse des magies… Et l'enfant avait attendu, immobile et calme dans son cocon tendre.

Tout le jour, Sarah avait vibré au rythme des contractions douces qu'elle accueillait avec un sourire radieux. Et dans la tribu, chaque femme, où qu'elle soit et quelle que soit la tâche qui l'occupait, ressentait avec elle cet appel à la vie. Des plus anciennes qui se souvenaient, aux plus jeunes qui savaient depuis toujours porter en elles ce pouvoir, car telle est la mission la plus sacrée des femmes.

Quand le soleil eut disparu à l'horizon, les hommes, sans un mot, s'étaient retirés à l'abri des tentes de peaux. Il leur était interdit d'assister au rite, et tous respectaient avec une crainte solennelle et un peu superstitieuse ce mystère dont ils étaient exclus. Cette nuit, ils la passeraient autour des feux, réunis dans un silence recueilli, essayant de ne pas prêter trop d'attention aux chants et aux cris qui s'élèveraient bientôt, essayant de ne pas imaginer le sang et la douleur, ces choses qu'eux aussi connaissaient mais qui avaient pour eux une toute autre signification.

Quand l’astre se leva, rond et roux, les aïeules hochèrent la tête ; heureux présage, décidément. Elles escortèrent Sarah, rayonnante dans la plénitude de sa nudité, jusqu’au bosquet sacré. Là étaient plantés les sept arbres de la Déesse, en un cercle parfait au centre duquel s’élevait le frêne baigné de clarté lunaire. Sarah était détendue, son corps avait été baigné et oint d’huiles odorantes aux vertus apaisantes. Sur son ventre rond avaient été peintes à la guède les runes de la vie et de la fécondité. Nulle appréhension dans ses yeux. Cet enfant était le premier qu’elle mettrait au monde mais elle sentait sourdre en elle le savoir ancestral de toutes les femmes qui avaient enfanté avant elle depuis que le monde était monde. Elle n’était qu’instinct et intuition, certitude tranquille. Et elle savait qu’autour du bosquet cette nuit, invisibles à ses yeux mais perceptibles de bien d’autres façons, toutes les femmes de la tribu seraient rassemblées et lui transmettraient leur force de femmes. Les louves aussi, peut-être, seraient présentes, elles qui étaient filles de la Lune…

Les contractions étaient plus fortes maintenant, plus rapprochées, et la douleur plus intense la pliait en deux autour de son ventre distendu et lui arrachait parfois de faibles gémissements. Ce n’était que le début et la nuit serait longue, mais la douleur était nécessaire, sacrée elle aussi, comme ce moment qu’il lui semblait avoir attendu toute sa vie. Sarah était prête, son enfant aussi. Tout irait bien…

Une contraction plus forte que les autres la jeta à genoux sur la mousse humide du sol. Les paupières closes et les dents serrées, Sarah luttait contre le réflexe qui crispait son corps et refusait la souffrance quand son instinct lui conseillait plutôt de l’accueillir sans opposer de résistance. Elle cherchait dans son souffle le calme qu’elle savait se trouver en elle, pas très loin, et qui l’aiderait à attendre que la vague reflue, cette vague qui n’était pas une ennemie mais la rapprochait un peu plus de l’instant où son enfant serait dans ses bras. Et c’est ainsi, concentrée sur son ventre, qu’elle sentit soudain sur sa joue la caresse d’une langue râpeuse et d’un souffle tiède. Lentement elle ouvrit les yeux et une bouffée de joie l’envahit ; une Louve se tenait à ses côtés, une grande louve grise aux yeux couleur de Lune et brillants de bonté et de sagesse. Cette naissance était bénie entre toutes.

Sarah accrocha son regard à celui de la louve et enfouit ses mains dans la chaleur de la fourrure épaisse dont le contact l’apaisa instantanément. Les aïeules s’étaient respectueusement retirées un peu à l’écart, laissant la magie de la rencontre opérer, émerveillées d’y assister et rendant de tout leur cœur un vibrant hommage à la Lune rousse qui brillait haut dans la nuit.

Les yeux dans les yeux, Sarah et la Louve semblaient parler le même langage silencieux, se comprendre parfaitement. La Louve prêtait à Sarah la force de ses muscles longs quand ses doigts se crispaient et qu’elle s’appuyait sur elle de tout son poids pour ne pas s’effondrer sous les coups des vagues toujours plus fortes de la douleur qui ne lui laissait à présent que peu de répit. Tout son corps agité de tremblements irrépressibles luisait de sueur, son visage était baigné de larmes dont elle n’avait même plus conscience, mais, agrippée à la louve, un sourire serein fleurissait toujours sur ses lèvres sèches.

Quand le moment fut venu, la louve la conduisit doucement jusqu’au frêne dont Sarah saisit des deux mains la branche basse patinée par toutes les mains des femmes qui avaient fait de même depuis des générations en cet instant qu’elle partageait maintenant avec elles toutes où la vie dansait avec la mort, quand le temps cesse d’exister et que tous les mystères, soudain, sont révélés avant d’être de nouveau oubliés. Ainsi accroupie, les deux pieds comme enracinés dans la terre, Sarah sentit son corps s’écarteler, la douleur inimaginable la déchirer. Elle se dit qu’elle allait mourir et s’étonna de ne pas en éprouver de peur, de trouver cela naturel, parce qu’une nouvelle vie approchait qui justifierait la sienne, une nouvelle vie issue de la sienne. Tout n’était qu’une seule et même chose, un cycle sans fin, et, au-delà de la douleur et de la mort, c’était d’une beauté indicible.

Sarah délirait. Et pendant tout ce temps qui paraissait s'étendre à l'infini, Sarah hurlait et la Louve avec elle, leurs voix se mêlant et s'entrelaçant pour créer une mélodie sauvage qui s'élevait vers la Lune là-haut, hymne universel à tout ce qui en ce monde est sacré.

Puis le silence retomba. Sarah s'affaissa entre les racines du frêne, épuisée. Un gazouillement la tira de sa torpeur ; sur la mousse, protégée par la chaleur du corps de la Louve qui la nettoyait de tendres coups de langue, une minuscule petite fille ouvrait sur cette nuit magique de grands yeux tout neufs. La Louve s'écarta et Sarah prit l'enfant dans ses bras, son enfant mais pas seulement. Elle l'approcha de son sein et la petite se mit à téter, recréant un lien qui n'avait jamais été défait et ne le serait jamais sous les regards attendris des aïeules qui s'étaient de nouveaux approchées pour dispenser leurs soins au corps meurtri de la jeune mère.

Quand l'enfant fut un peu rassasiée, Sarah la détacha doucement de son sein pour la déposer tout contre la Louve étendue à ses côtés. Quelque chose passa dans le regard qu'elles échangèrent, puis la Louve roula sur le flanc et, tout naturellement, la petite trouva la mamelle qu'elle lui offrait. Ainsi fut scellé un autre lien qui existait déjà depuis la nuit des temps, une alliance sacrée qui perdure en chaque femme, en chaque louve…

Pour aller plus loin :

Porter la vie, la donner, mettre au monde une infinité de possibles… Chaque femme sait depuis toujours que tels sont son rôle et son pouvoir. L'enfantement, oui, relève de la plus haute magie, des plus sacrées des initiations. Et la vie d'une femme, son parcours, sont jalonnés d'enfantements…

Que vous ayez ou non déjà vécu cette initiation de mettre au monde un enfant physique dans la matière, je vous propose d'aller regarder en vous ce qui, maintenant, à cet instant de votre chemin, grandit et demande à venir au monde…

Allongez-vous confortablement dans une pièce sombre, éclairée seulement par la lueur de bougies rouge ou rose. Couvrez-vous d'une couverture chaude et douce. Maintenant, détendez-vous. Sentez votre corps tout entier, la façon dont il repose sur le sol ou le matelas, son poids. Sentez les vagues de votre souffle aller et venir en vous...

Doucement, amenez votre conscience dans votre ventre. Entrez dans le sanctuaire de votre utérus, sentez sa chaleur réconfortante, sentez son pouvoir d'accueil et de création. Prenez le temps de vraiment, entièrement, l'habiter...

Regardez à présent autour de vous. Voyez ce qui est là, en votre chaudron, ce qui grandit doucement. Voyez cette autre version de vous qui, nourrie de vos expériences, de vos rêves, de votre perception du monde qui vous entoure, se prépare à son rythme à émerger. Sentez comme cette autre version de vous n'est que la continuité de ce que vous êtes en ce moment, de ce que vous étiez hier, de ce que vous étiez enfant, la continuité des femmes de votre lignée qui vous ont précédée, la continuité de toutes les femmes qui sont et ont été. Sentez comme cette prochaine version de vous est déjà le terreau de celles qui suivront. Sentez comme tout est lié, comme tout s'enchaîne et se transforme en permanence au rythme de cycles immuables…

Vous pouvez nourrir cette vision, cette femme en devenir qui n'est autre que vous. Comme votre utérus nourrit et protège l'enfant qui se prépare à naître, vous pouvez vous aussi, en conscience, nourrir et protéger celle que vous êtes amenée à devenir. L'aider à grandir, à se développer, à s'épanouir…

Quand le moment sera venu, au cours de cette méditation ou plus tard, vous pourrez aider cette femme à venir au monde, à s'incarner. Prenez le temps, rien ne presse, chaque chose ne peut advenir qu'à son propre rythme et en son propre temps. Laissez à cette autre vous-même le temps d'être prête à quitter sa chrysalide. Laissez-vous à vous-même le temps d'être prête à laisser aller ce que vous étiez jusque-là, la façon dont vous vous connaissez, dont vous avez appris à fonctionner. Sentez comme la Vie et la Mort dansent toujours ensemble, sentez comme naissance et deuil sont intimement liés...

Quand vous sentirez avec la certitude et l'urgence de l'instinct que le moment est venu, retournez en votre ventre, en votre utérus. Faites appel à ces forces de la nature qui vous guident, à la sagesse des ancêtres inscrite dans vos cellules de femme et, en conscience, ouvrez-vous... Vivez et accueillez entièrement cette mise au monde de vous-même. Devenez qui vous êtes...

DÉPART

Serments de feu, serrement de cœur. Serrement des poings derrière le dos pour y garder la rage emprisonnée. Comme je t'en veux de mettre tant de fougue dans de si vains serments. Comme je t'en veux de tant chercher à t'en convaincre. La ville là-bas est une ogresse sans pitié, transie de froid sous ses voiles gris de brume. Une maîtresse jalouse aux parfums capiteux. Elle ne rend jamais les esclaves que ses sirènes enjôleuses ont attirés jusqu'en son ventre avide. Elle les digère lentement, les dépouille de ce qu'ils sont, change leurs valeurs.

De toi bientôt je n'aurai plus que des lettres lointaines qui raccourciront avec le temps, et cet argent que tu ne manqueras pas de m'envoyer parce que ce sera le prix de ton illusion de fierté, ce que tu appelleras honneur pour oublier que tu t'es oublié. Mais l'argent ne rachète pas les souvenirs, ni les possibilités perdues, et chaque pièce qui me viendra de toi sera un pas de plus qui t'éloignera de moi.

Pourquoi faut-il que tu refuses que ce soit un adieu, que tu pares ton départ de promesses de retour quand nous savons tous les deux que tu ne reviendras pas ? Ou alors tellement changé que ta présence sera pire encore qu'une absence…

Pourquoi faut-il que tu entretiennes en moi le poison d'un espoir qui me tiendra prisonnière d'une attente désespérée ? Pourquoi faut-il que tu partes ? Comme si ici plus rien ne te retenait. Comme si ici vivre, simplement vivre, ne suffisait plus. Comme si je ne restais pas ici…

Tais-toi maintenant, puisque tes paroles ne savent plus que mentir. Je connais tes arguments, ils n'ont aucune valeur à mes yeux ; ils ne sont que le premier signe de ce qui t'arrache déjà à moi et ne font que me blesser davantage. Tais-toi et pars. Laisse-moi à mon deuil. Celui que tu étais est mort et je suis sa veuve.

Mais sache-le, quand ici ou là-bas, ou encore ailleurs, où que tu sois tu ne seras plus de nulle part, étranger à chaque lieu comme à toi-même, moi qui suis d'ici je baignerai encore de mes larmes la mémoire de tes racines tranchées. Et je bercerai contre mon sein cette partie de nous deux dont tu ne seras plus le père qu'au passé. Je lui dirai celui que tu étais avant de n'être plus qu'un fantôme de papier. Il te ressemblera mais sera fils de cette terre que tu désertes, et il en sera fier.

Pars, et plutôt que mon amour dont tu n'as que faire et qui gênerait ta marche, emporte ma pitié, toi qui a déjà tout perdu…

Pour aller plus loin :

Notre nature nous le rappelle, tout comme la Lune et la Nature elle-même : tout est cyclique et certaines choses à la fin d'un cycle doivent mourir pour rendre possible un nouveau cycle porteur de nouvelles opportunités d'apprendre, d'expérimenter, d'avancer, de s'élever. Refuser de trancher ces liens obsolètes qui ne nous correspondent plus ne ferait que nous retenir prisonnières d'un passé immobile dans lequel, lentement, nous nous déliterions.

Le moment de nos lunes est propice aux bilans et aux deuils nécessaires. Je vous invite donc à prendre, à l'approche de vos lunes, le temps de faire le point sur le chemin parcouru lors de ce cycle qui s'achève, sur ce qui dans votre vie n'est plus en accord ou va à l'encontre de vos aspirations, de vos besoins. Ce qui nécessite d'être changé. Ce qu'il faut que vous laissiez partir afin de rester fidèle à vous-même.

Vous pouvez les noter, comme une lettre d'adieu que vous vous adresseriez à vous-même, à ce vous encombré de toutes ces choses qui pèsent désormais et vous empêchent d'être entière, alignée dans la justesse d'une vie qui vous ressemble et vous nourrit. Une lettre que vous pourrez ensuite brûler à la fin de vos lunes.

En attendant, fermez les yeux. Laissez votre respiration devenir ample et régulière... Maintenant, visualisez un fleuve rouge, calme et lent, à la surface duquel dérivent, pétales de rose noirs, toutes ces choses dont vous ressentez qu'il vous faut vous délester. Observez leur ballet à la surface du fleuve.

Ce peut être parfois douloureux, source de mélancolie… Accordez-vous le droit et le temps d'accueillir pleinement ces émotions, de les regarder une à une pour ce qu'elles sont ; chacune d'entre elles est légitime et mérite d'être vue et reconnue. La tristesse… La colère… La mélancolie… Les regrets… Le doute… La peur…

Accueillez-les, puis, doucement, laissez-les rejoindre les pétales noirs à la surface du fleuve.

En votre cœur, remerciez pour ces émotions qui rendent à vos expériences leur véritable valeur, remerciez pour ce que ces choses devenues obsolètes, ces relations, ces façons de fonctionner, vous ont malgré tout apporté, ce qu'elles vous ont permis d'apprendre, la façon dont elles vous ont amenée là où vous êtes… Pardonnez, peut-être, ce qu'il y a à pardonner, à vous, à d'autres, à la vie qui n'a pas voulu se plier à vos attentes... Puis, quand vous vous sentez prête, regardez-les couler et disparaître, laissez votre sang de lune les emporter...

Accordez-vous encore un instant pour sentir, ressentir en vous le vide qu'elles ont laissé. Sentez comme ce vide est paisible et léger, comme ce n'est déjà plus une absence mais une place disponible et accueillante. Sentez comme vous êtes prêtes désormais à laisser advenir le nouveau, l'inattendu. Sentez comme, désormais, vous avez le pouvoir d'attirer à vous tous les possibles... Alors, remerciez votre fleuve et, tranquillement, revenez...

AV-ATHAR

De l’avis de tous, il n’y avait jamais eu musicien plus talentueux de par le monde. La musique naissait sous ses doigts comme douée de vie, et s’élançait dans les airs tel un oiseau merveilleux prenant son vol. Et cette musique parlait d’une chose que, de tout temps, les hommes ont recherchée tout en la craignant. Cette musique parlait de liberté, et quiconque l’entendait sentait son cœur se gonfler de nostalgie parce que la liberté est bel et bien un oiseau qu’on ne peut admirer que de loin sans jamais pouvoir l’approcher, le toucher, l’enfermer. La liberté s’échappe toujours.

C’est ce que disait la musique sous les doigts du ménestrel. C’est ce que disait la tristesse dans les yeux du ménestrel. Et aucun, malgré cette tristesse dans sa musique, cette tristesse qui gagnait tous les cœurs, ne pouvait s’empêcher de revenir, jour après jour, écouter ces mélodies qui leur tiraient des larmes aussi douces qu’amères. Parce que, par-dessus tout, la musique était belle, d’une beauté sans pareille.

Et parmi tous ceux qui s’en venaient entendre les sanglots enchantés de l’instrument sous les doigts du ménestrel, il y avait une gitane. Une gitane qu’on disait elle aussi d’une beauté sans pareille. Bien des hommes avaient tenté de l’approcher, quelques-uns avaient parfois partagé ses nuits, mais la gitane, toujours, s’échappait d’entre leurs bras et aucun, jamais, n’avait su la retenir. Dans ses yeux à elle aussi, sous la fierté des femmes de sa race, on pouvait lire une certaine tristesse, le manque d’une chose sans laquelle elle ne saurait trouver la joie de vivre. Et la musique du ménestrel parlait à la gitane, elle résonnait en son cœur, et la gitane comprenait, mieux sans doute que tout autre.

Elle en vint à s'éprendre du ménestrel, parce que dans la musique elle sentait brûler son âme à lui, et que son âme ressemblait à la sienne. Elle s'éprit de lui et la tristesse reflua dans ses yeux ; elle savait à présent ce qui lui manquait, et ce qui lui manquait, c'était cet homme. Elle se rapprocha de lui, lentement, tendrement, et on ne vit bientôt plus l'un sans l'autre. Le ménestrel semblait trouver du réconfort dans cette présence douce et chaleureuse à ses côtés, cette compagne qui ne posait pas de question mais semblait comprendre sa musique et s'en imprégner. À sa façon, il l'aimait autant qu'elle l'aimait. Mais l'amour parfois ne suffit pas et tous deux le savaient. La musique sous ses doigts restait triste, nostalgique. La musique, encore et toujours, soupirait après cette liberté qu'il ne pouvait atteindre.

Alors, parce qu'elle était gitane, fille de ce peuple aux pouvoirs étranges, et parce qu'elle l'aimait d'un amour qui voulait le bien de son homme avant le sien, la gitane lui enseigna les secrets de cette antique magie que les gitans appelaient av-athar. Elle lui enseigna à se libérer de la prison de son corps pour prendre la forme qu'il souhaiterait. Et quand il fut prêt, elle le laissa s'échapper, sachant que ce faisant, elle le perdait sans doute.

Le ménestrel, après l'avoir embrassée une dernière fois, le cœur empli de reconnaissance, étendit les bras, leva les yeux vers le ciel immense et sans limite, et, se laissant envahir de tout ce que d'ordinaire il mettait dans sa musique, il prit la forme de cette musique. Il devint oiseau, un fier faucon aux ailes puissantes, aux yeux perçants. Il redevint sauvage et libre, et sans attache, et prit son envol, comme l'avait si souvent fait la musique qu'il créait et qu'il ne pouvait suivre.

La gitane le regarda monter dans le ciel, si haut, si haut, que bientôt il disparut à sa vue. Alors elle pleura. Elle laissa couler les larmes sans honte, puisqu'elle avait permis au seul être qu'elle aimerait jamais de gagner cette liberté qui était la condition de son bonheur. Et quand le cri triomphant du faucon déchira l'air, elle serra contre elle l'instrument dont il n'avait plus besoin et sourit entre ses larmes.

L'av-athar, comme toute magie, a un prix. Jamais plus il ne pourrait revenir en arrière et reprendre sa forme humaine. Plus que cela, il oublierait qu'il avait été un homme, il oublierait tout ce qui avait pu le rattacher à sa vie d'homme. Il l'oublierait, elle. Elle le savait mais le lui avait tu. Elle n'avait pas voulu que la crainte de la blesser l'empêche de suivre sa voie, celle qui, elle n'en avait pas le moindre doute, était la sienne. Il l'oublierait, mais il serait heureux, en paix et en accord avec lui-même. Elle l'imaginait seigneur des cieux, dominant la terre de son regard, fondant sur ses proies avec une joie farouche. Et elle souriait. Sa tristesse à elle s'était transformée aussi. Le manque en elle s'était transformé. Et d'une certaine façon, l'absence même de celui qu'elle aimait était comme une présence qui lui tiendrait chaud, si différente du vide qui avait accompagné chacun de ses pas avant lui.

Mais l'amour est une magie encore plus puissante que l'av-athar. Plus puissante peut-être que toute autre. Et comme elle s'asseyait au pied du chêne à l'abri duquel s'était accomplie la métamorphose et commençait à pincer les cordes comme elle l'avait si souvent vu faire, un autre cri perça le ciel, comme un appel, et le faucon fondit vers le sol à la vitesse du vent avant de freiner son allure de ses ailes déployées pour enfin se poser en toute légèreté sur son bras tendu.

Il n'avait pas oublié finalement, ni la gitane, ni la musique. Et il n'oublia jamais. Tout en restant libre, plus libre qu'aucun homme ne pourrait le rêver, ses longues courses en plein ciel, ou entre les troncs des arbres centenaires des forêts sans fin, le ramenait toujours là, posé comme une caresse sur le bras de la gitane. Dans les yeux du faucon brillait encore le regard du ménestrel qu'il avait été. Un regard où cependant ne brûlait plus la tristesse mais l'exaltation de la liberté, la beauté du monde vu d'en haut, du vent dans les cimes des arbres… C'est tout cela que la gitane y trouvait, et c'est cela qu'elle mettait dans la musique qu'à son tour elle créait de ses doigts fins sur l'instrument qui était comme la voix de leur secret partagé.

Et ils étaient nombreux à venir l'écouter chanter, se laisser charmer par la beauté sauvage de cette musique, et par le spectacle de cette femme si belle et de ce faucon posé sur son bras, librement, sans attache. De ce lien entre eux qu'ils sentaient sans comprendre.

Pour aller plus loin :

Et si le pouvoir du Féminin Sacré était aussi de révéler le Masculin Sacré à lui-même ? De lui permettre d'émerger ?

Et si, ce faisant, l'Équilibre entre les deux devenait enfin possible, sans que les valeurs de l'un cherchent à dominer et à écraser celles de l'autre pour ne pas risquer d'être elles-mêmes niées et bafouées ?

Et comment permettre à l'autre de se révéler, d'être lui-même, en pleine possession de son pouvoir personnel, si on attend de lui d'abord qu'il réponde à nos propres besoins, quitte à ignorer les siens ? Qu'il nous légitime à nos propres yeux, au besoin en s'abdiquant lui-même ?

Pourrions-nous, en toute lucidité, faire l'effort de discerner ce qui nous appartient et ce qui appartient à l'autre ? Et ceci fait, prendre envers nous-même l'engagement de nous charger de l'entière responsabilité de nos propres désirs, de nos propres besoins, de nos propres peurs sans chercher à en faire porter le poids à l'autre ? Sortir de la dépendance, ou de la co-dépendance, afin de réellement se choisir mutuellement pour ce qu'on est et pas pour ce qu'on attend de l'autre, et construire ensemble une relation saine et enrichissante au sein de laquelle chacun trouvera l'espace nécessaire pour se déployer, libre d'être et de devenir.

Je vous invite à prendre cet engagement par écrit un soir de Nouvelle Lune. Rédigez cet acte comme si la relation était déjà telle que vous la voudriez, libre d'attente et de dépendance. Comme si vos ailes et celles de votre compagnon étaient déjà en train de se déployer. Chargez la feuille de papier de votre intention puis placez-la sous une bougie que vous laisserez si possible se consumer entièrement. Au matin, vous pourrez brûler la feuille de papier et visualiser votre envol dans la fumée qui s'en dégage et s'élève vers le ciel sans limite.

MARINES

Certaines La voyaient comme une rivale, elle le savait, pouvait le comprendre. Pas elle. Elle avait toujours aimé la Mer. Pas de la même façon que lui, évidemment, mais comme on L'aime du rivage, quand on se laisse bercer par le bruit de Sa respiration, enivrer par ces parfums venus d'ailleurs qu'Elle charrie. À présent Elle était plus que cela encore ; une vieille complice partageant avec elle les émois de cet homme qu'elles avaient en commun. Et elle se tenait là, sur cette plage battue par les vents, les yeux perdus dans l'horizon. Et elle jetait aux vagues ses pensées sereines, elle se livrait sans un mot, racontait en silence sa journée ordinaire, ce quotidien qu'il ne partageait que si rarement qu'il en devenait exceptionnel. Parce que loin d'être un fossé entre eux, la Mer était un lien tangible et immuable, solide.

Il voguait quelque part, plus loin que son esprit ne pouvait l'appréhender, mais sur son visage là-bas, c'était les mêmes embruns, les mêmes étoiles au-dessus de sa tête, le même goût de sel à ses lèvres, le même océan qui le portait et le ramènerait bientôt.

Alors il serait là de nouveau. Et de nouveau elle s'étonnerait de trouver sa présence aussi naturelle après tous ces mois d'absence, comme s'il n'était jamais parti tout à fait. Il serait là, et sa voix lui parlerait de ces ailleurs qu'il aurait vu, et ses yeux brilleraient de cet émerveillement que ces ailleurs auraient fait naître en lui. Elle l'écouterait évoquer ces images pour elle, suspendue à ses lèvres, elle voyagerait dans ses mots et cela suffirait à la combler. Parce qu'il était son ailleurs à elle, et qu'elle n'en avait besoin d'aucun autre. Il était ses ailes comme elle était son ancre, son ciel comme elle était sa terre.

Puis il la prendrait dans ses bras. Il ne l'aurait pas encore fait, il leur fallait se retrouver avant, laisser le concret retrouver sa place, remplacer l'imaginaire et les souvenirs qui en avaient tenu lieu depuis la dernière fois. Il leur fallait se reconnaître. Mais enfin, il la prendrait dans ses bras, et ce serait encore une fois la première fois ; même les souvenirs les plus brûlants se laisseraient surprendre par le tangible retrouvé de cette force tranquille autour d'elle, de cette tendresse dans ses mains sur sa peau. Et son corps se réveillerait, doucement, parce qu'il fallait que ce soit lent, pour savourer chaque instant. Il lui ferait l'amour comme on respire après l'apnée, alors qu'on n'avait pas même conscience d'avoir retenu son souffle. Et la vague serait en elle alors, et en lui, la même vague. Une lame de fond les entraînant toujours plus haut, jusqu'à l'ultime instant qui les laisseraient pantelants, ruisselants de sueur, et souriants.

Elle saurait, comme à chaque fois, qu'il repartirait bientôt. Alors elle se blottirait un peu plus étroitement dans la chaleur de son torse, verserait quelques larmes peut-être, parce qu'il n'y a pas de honte à pleurer sans bruit, et laisserait monter en elle la gratitude d'avoir vécu ces instants, une fois de plus, une fois encore. Il n'y aurait pas de désespoir. Elle savait que le large faisait partie de lui et qu'elle l'aimait aussi pour cela. Elle serait fière de le savoir libre, fière de le laisser libre. Et dans ses yeux, le jour de ce nouveau départ, il y aurait un sourire en réponse à celui qu'elle lirait dans ses yeux à lui. Mais en silence, quand leurs doigts se dénoueraient, elle le confierait à la Mer, La priant de le garder des dangers, et de le lui ramener encore, bientôt...

Pour aller plus loin :

Lâcher prise, c'est accepter qu'il n'est pas en notre pouvoir de tout contrôler. Accepter que l'imprévu puisse survenir. Que les bons moments ne durent pas éternellement.

Lâcher prise, c'est faire le choix de la confiance. Ne pas voir ce que l'avenir nous réserve mais placer sa foi en l'idée que la Vie, l'Univers, la Déesse, quel que soit le nom que nous lui donnons, ne veut que notre bien. Que rien n'arrive par hasard, qu'on peut toujours être guidée même dans la nuit la plus noire, et que même les épreuves sont porteuses de leçons qui nous permettent d'avancer.

En lâchant prise, on se libère de la peur stérile de ce qui ne dépend pas de nous. On se libère des superstitions handicapantes qui nous font nous sentir « maudite » ou « abandonnée » et qu'on finit par nourrir nous-même en un cercle vicieux dont on ne parvient plus à sortir.

En lâchant prise, on parvient enfin à vivre l'instant pleinement, sans anticiper la fin ou les conséquences de cet instant, sans toutes ces fausses croyances qui nous font nous sentir illégitimes, nous donnant l'impression de ne pas mériter ce que nous avons, de ne pas avoir le droit de le savourer.

En lâchant prise, on goûte enfin la liberté d'être. On lâche le « faire » qui toujours finit par se transformer en « fers » qui nous enchaînent…

Fermez les yeux. Remémorez-vous un moment de votre vie où vous n'avez pas pu lâcher prise. Souvenez-vous de votre tension, de la peur que vous éprouviez à sentir la situation vous échapper malgré vos efforts. Sentez, avec le recul, comme il aurait été plus simple de juste lâcher. Faire confiance et lâcher. Simplement. Quelles en auraient été les conséquences ?

Maintenant, détendez-vous. Sentez votre corps, ses points d'appui sur le sol, son poids. Visualisez des racines issues de vous et qui plongent loin dans la terre, et qui vous ancrent solidement. Sentez comme cet ancrage est source d'équilibre, de stabilité, comme il vous rassure.

Portez à présent votre attention sur votre souffle. Sentez l'air affluer et refluer, vous traverser en vagues successives. Sentez comme votre corps ondule au grès de ces vagues qui vous bercent doucement, naturellement, sans qu'il soit besoin de les diriger ou de les contrôler. Sentez comme il serait plus difficile de respirer si vous tentiez d'accélérer, de ralentir ou de bloquer votre souffle. Prenez conscience de la tension et de l'inquiétude qui en découlerait, puis revenez au rythme naturel de votre souffle.

Maintenant, imaginez-vous flotter sur une mer étale. Doucement bercée par les ondulations à peine perceptibles de vagues quasi-inexistantes. Prenez le temps de savourer cet instant, de sentir comme tout va bien, comme ce bercement est agréable, comme il est agréable de simplement vous laisser porter. De sentir aussi comme vos racines restent ancrées à la terre malgré le balancement des vagues…

Peu à peu, les vagues vont se faire plus fortes, l'ondulation plus marquée, peu à peu... Mais vous ne quitterez pas ce sentiment de paix intérieure, vous ne quitterez pas cette conscience de pouvoir flotter, de pouvoir épouser le rythme et la forme des vagues, naturellement, sans pour autant vous perdre ou vous diluer. La mer qui vous porte ne peut être contrôlée, et pour autant vous savez qu'il est dans sa nature de toujours vous porter. Il vous suffit de vous laisser aller, de lâcher prise… Il vous suffit, simplement, de ressentir chaque vague au moment où elle se présente, sans vous attacher ni au souvenir de la précédente, ni à l'anticipation de la suivante.

Si, à un moment de cette méditation, vous vous apercevez que vous êtes sur le point de céder à l'envie de retenir la vague ou d'éviter la suivante, recentrez-vous sur votre souffle. Ressentez à nouveau les racines immuables qui vous relient à la terre. Respirez, prenez le temps, puis, à nouveau, autorisez-vous à vous laisser simplement porter par cette mer intérieure… Simplement, naturellement...

SOLITAIRE

Solitaire était la louve au commencement de son histoire. Solitaire et libre d'errer en songe dans les contrées de l'imaginaire, ou de se terrer au fond d'une tanière confortable qui n'appartenait qu'à elle. Mais le monde est ce qu'il est et son appel est puissant.

Qu'elle y réponde seulement et elle devient avant d'en avoir eu conscience la gardienne de la meute, de sa meute, celle des entrailles et celle du cœur. Le lien, la cohérence, la référence. Le frêne pilier de son monde, plongeant loin dans le sombre du passé des racines qui toujours refusent de mourir, offrant l'abri et l'appui de ses branches lasses pour protéger ou élever haut vers le ciel immense. Le fil trop tendu qui maintient l'ensemble patchwork des ego.

Sur l'autel de la meute, la solitude amie doit être sacrifiée sans doute, et sa tanière ne lui appartient plus… Qu'elle le refuse seulement, un jour ou quelques heures, le temps d'une course à perdre haleine dans les bois sauvages de son besoin de liberté, et le monde alors s'écroule. Les mâles se sautent à la gorge et les petits tremblent de peur.

Solitaire était la louve au commencement de son histoire. Solitaire, elle l'est toujours parce que solitaire est sa nature. Mais libre, elle ne l'est plus. Et la meute, parfois, est un fardeau trop lourd…

Pour aller plus loin :

Parce qu'à trop donner de soi, on finit par s'oublier, par se perdre, par se diluer dans les besoins des autres, il est absolument nécessaire de s'aménager une tanière qui n'appartienne qu'à soi, qui ne soit que pour soi, où se retrancher quand nos contours deviennent flous et que nous éprouvons le besoin de nous reconstituer, de nous rassembler, de nous retrouver. C'est un besoin essentiel et nous devons le faire respecter en tant que tel.

Je vous invite à faire preuve d'un nécessaire égoïsme et à vous aménager cette tanière.

Ce peut être un coin de votre maison que vous vous approprierez et que vous défendrez comme votre territoire exclusif, au besoin en montrant les crocs, ou encore une plage de temps que vous aurez définie et qui n'appartiendra qu'à vous. Peu importe du moment que votre besoin soit entendu et respecté. Peu importe du moment, surtout, que vous-même vous autorisiez à occuper cet espace sans compromis ni culpabilité...

Ce que vous faites dans votre tanière ne regarde que vous, et vous n'avez aucun compte à en rendre. L'essentiel est que ce soit quelque chose qui vous permette de vous reconnecter à votre moi profond, de vous ressourcer, de vous remettre en mémoire qui vous êtes, ce qui compte pour vous et ce que vous n'acceptez pas qu'on vous prenne.

En méditation, vous pouvez aussi vous créer ce sanctuaire, ce lieu refuge qui, non seulement, vous permettra de vous ressourcer, mais constituera également le point de départ de vos voyages en état modifié de conscience.

Assurez-vous que vous ne serez pas dérangée durant les trente prochaines minutes. Installez-vous confortablement dans la position qui vous convient le mieux. Fermez les yeux et posez l'intention de trouver votre sanctuaire.

Maintenant, ancrez-vous, centrez-vous. Prenez conscience de chacune des parties de votre corps. De la façon dont il repose sur le sol. Concentrez-vous sur votre souffle ; portez toute votre attention sur chacune de vos inspirations, chacune de vos expirations. Aussi longtemps qu'il vous faudra pour vous sentir entièrement détendue et libérée des préoccupations quotidiennes.

Visualisez à présent un escalier qui descend en spirale devant vous. Lentement, vous allez descendre une à une les dix marches de cet escalier. Lentement, en portant votre attention sur chacune d'entre elles. Lorsque vous atteindrez la dixième marche, un simple pas en avant vous amènera à votre sanctuaire. Lorsque vous vous sentirez prête, faites ce pas…

Il peut s'agir d'un lieu connu, un endroit familier ou que vous auriez déjà visité, dans la matière ou au cours d'un rêve. Il peut aussi s'agir d'un endroit complètement nouveau. Laissez-vous surprendre… Prenez le temps de regarder autour de vous, de voir chaque détail qui constitue cet espace qui n'appartient qu'à vous. Prenez-le temps de vous y déplacer, de toucher les objets, les parois. Autorisez-vous à changer les choses de place, à les modifier à votre convenance. Vous êtes ici chez vous, entièrement chez vous.

Une fois que vous vous êtes suffisamment imprégnée du lieu, installez-vous confortablement en son sein, et ressentez comme ici vous êtes à l'abri des sollicitations extérieures, comme ici il vous est permis d'être entièrement qui vous êtes, sans fard, sans masque, sans crainte, sans limite d'aucune sorte… Savourez cette sensation, cette plénitude, cette liberté d'être. Sentez comme en ce lieu et en cet instant que vous vous accordez, il vous est facile de vous retrouver, de vous ressourcer, de vous découvrir aussi...

Restez-y aussi longtemps que vous le voudrez. Sachez que vous pourrez y revenir aussi souvent que vous le déciderez.

Quand vous sentirez qu'il est temps de partir, remerciez ce lieu de vous avoir accueillie, remerciez-vous vous-même de vous être fait cadeau de ce sanctuaire, puis, tranquillement, repassez le seuil et remontez les marches de l'escalier, une à une...

LÉDA OU L'AUBE DE L'OMBRE

Le jour se lève. Enfin… Faisant rouler ses épaules endolories par une nuit de veille, le guetteur secoue la fatigue lancinante contre laquelle il a dû lutter durant ces longues heures froides et humides. Le danger n'est pas moins présent au sortir de l'obscurité, mais la lumière de l'aube semble faire reculer l'angoisse pour un temps. Sentiment illusoire, il le sait, mais son corps épuisé exige qu'il laisse un peu se relâcher la pression.

Un rire clair, incongru sous la menace qui plane… Léda ne cesse de le surprendre. Il ne la connaissait pas avant que le conseil ne les désigne tous les deux pour cette mission. La première nuit les a rendus amants, bien qu'il ne l'ait pas voulu. C'était son initiative à elle, et Léda obtient toujours ce qu'elle veut, déployant pour cela des trésors de ruses tendres et charnelles. Il a protesté, bien sûr, invoquant le devoir, la mission, la guerre si proche… Elle a écarté ses arguments d'un geste vague de la main ; la guerre viendrait, elle était déjà là, et bien peu des leurs y survivraient – avait-elle dit. Mais l'instant leur appartenait. Ils étaient encore pleins de vie qu'ils devaient laisser s'exprimer parce que justement le temps était compté. Parce qu'ils n'avaient pas le droit de laisser la peur le leur voler quand il en restait si peu. Parce que seul l'« ici et maintenant » avait encore un sens… Puis elle s'était tue et lui avait imposé le silence en le bâillonnant de ses lèvres. Sous ses doigts agiles, son corps avait capitulé…

Il l'avait d'abord jugée inconsciente, s'était laissé leurrer par ses éclats de rire si soudains, sa façon de s'émerveiller encore et malgré tout devant de petites choses qui semblaient si futiles, presque révolues déjà, en regard de ce qui approchait. La guerre qui avait envahi toutes ses pensées, toutes ses paroles, tous ses actes à lui, semblait à peine l'effleurer.

Le temps passé ensemble à guetter l'ennemi avait finalement modifié son jugement : elle ressentait la menace, la connaissait aussi bien que lui. Elle la savait inéluctable, ne tentait pas de la nier, même à elle-même, en secret, pour rendre la situation moins insupportable. Elle ne se berçait pas non plus d'illusions quant à l'issue probable du combat à venir. Simplement, elle l'avait acceptée, comme lui-même en était encore incapable, pris qu'il était parfois d'accès de révolte et de rage contre la cruauté des dieux qui les avaient abandonnés, contre l'injustice du destin, la fin annoncée de son peuple…

Elle avait accepté et, pour autant, ne s'était pas résignée, comme d'autres l'avaient fait, à s'enterrer dans ce désespoir immobile qui n'était qu'un avant-goût du néant. La mort, elle la regardait venir en face, l'attendait de pied ferme. La peur, elle la méprisait. Il l'avait vue s'entraîner. Il avait vu sa lame virevolter, vive, meurtrière, comme pourvue d'une énergie propre. Et la flamme dans ses yeux, farouche. Sa détermination et sa dignité…

Mais il l'avait aussi vue se baigner nue dans les ruisseaux, offrir langoureusement sa peau à la chaleur du soleil. Il avait entendu sa voix tisser des chants qui disaient la jouissance simple d'être en vie. Et il avait croisé son regard animé d'une toute autre flamme quand, le laissant prendre son tour de garde, elle s'attardait encore un peu, repoussant le sommeil et cherchant la caresse, réchauffant son âme à lui, glacée d'angoisse. Elle savait les gestes qui le ramenaient à la vie, repoussaient l'ombre bien mieux que l'aube…

Ce matin-là, alors que le jour ne renaissait que pour mieux éclairer les lignes ennemies toujours plus proches, toujours plus denses, alors que nul espoir n'était plus permis, que l'horreur déjà s'imposait, le guetteur sentit son cœur se gonfler de reconnaissance pour cette étrange compagne qui avait su rendre à sa vie toute sa valeur avant que la mort ne l'engloutisse.

Aussi, délaissant son poste et sa vaine mission, il la rejoignit dans la clairière et, à l'aube de l'ombre, mêla une dernière fois son rire au sien, son corps au sien… La fin pouvait venir désormais, il n'y aurait rien à regretter.

Pour aller plus loin :

S'il est parfois nécessaire de prendre du recul, de la hauteur, de s'extérioriser un temps du quotidien afin d'adopter un angle de vue plus large sur la situation, il n'en reste pas moins que nos vies se déroulent ici et maintenant. La vie, ce qui la rend tangible et lui donne toute sa valeur, toute sa saveur, c'est cette suite ininterrompue de minuscules instants présents, cette suite de minuscules choix que nous sommes amenées à faire à chaque instant. Et la façon dont nous-mêmes sommes présentes et disponibles à ces instants, la façon dont nous les accueillons, dont nous les goûtons, dont nous les vivons.

Prendre du recul, de la hauteur, ce n'est rien d'autre que s'accorder le temps de regarder et de constater comme tous ces instants s'enchaînent, comme chacun est déterminé par les précédents et détermine à son tour les suivants. C'est admettre aussi comme à chaque instant nous avons le choix, comme jamais notre libre-arbitre ne nous est retiré. C'est accepter cette responsabilité que nous avons de façonner nos vies, à chaque instant.

Prendre du recul, de la hauteur, n'est utile et nécessaire que dans la mesure où cette prise de distance nous permet ensuite de replonger dans l'instant, avec la volonté de le vivre entièrement, intensément, pour lui-même. Sans cela, cette distance que nous mettons entre nous et notre vie n'est qu'une fuite, une façon un peu malhonnête de se dégager de toute responsabilité.

Le soir, avant de vous endormir, je vous invite à fermer les yeux et à repasser à rebours le cours de votre journée. Essayez d'en détacher chaque instant, comme s'il s'agissait de perles distinctes sur un collier coloré. Revivez-les en pensées, laissez remonter les sentiments, les émotions que ces instants ont provoqués.

Il ne s'agit pas d'un bilan qui consisterait à vous auto-flageller parce que vous n'auriez pas fait les meilleurs choix, pas ressenti les bonnes émotions. Il s'agit simplement d'observer sans jugement la façon dont ces instants se sont enchaînés pour faire de votre journée ce qu’elle a été. Il s’agit simplement de prendre conscience du fait que votre façon de vivre cette journée a sans doute autant influencé la façon dont les événements petits ou grands se sont succédé que l’inverse.

À présent, parmi ces perles d’instants, choisissez-en trois, ni plus ni moins. Trois instants beaux, doux, ou intenses, que vous aimeriez conserver précieusement, détachés du reste de la journée, dans le coffret de vos souvenirs. Ces souvenirs qui donnent à la vie sa valeur, sa saveur, qui la rende digne d’être vue avec tendresse et respect, sans regret…

Soyez assidue dans cette pratique, et vous constaterez que, très vite, il vous deviendra naturel au cours de la journée de reconnaître et d’apprécier de plus en plus de ces instants en étant entièrement présente à ce qu’ils sont et vous apportent, par et pour eux-mêmes. Vous constaterez que, très vite, vous allez commencer à créer vous-même, en conscience, par les choix minuscules que vous adopterez, ces instants précieux que vous aurez envie de conserver. Vous allez devenir, en conscience, actrice d’une vie qui vous ressemble.

FANTASME

Ferme les yeux, ouvre ta main. Déposes-y une unique larme de frustration dont je viendrai à la nuit goûter la saveur douce-amère. Tu sentiras ma présence transparente mais, sous tes sourcils qui se fronceront un peu, tu garderas closes tes paupières pour ne pas risquer de rompre le charme. Tes lèvres ébaucheront un sourire un peu craintif qu'effleurera mon souffle, aussi léger qu'un songe. Car je suis un songe, n'en doute pas, je n'ai que la réalité que tu me prêtes. Je suis là si tu me veux, je disparais si tu renonces. Je ne suis qu'une ombre, infinie, indéfinie. L'ombre d'un souvenir, l'ombre d'un désir, l'ombre de tes soupirs de plaisir.

Je glisserai, vaisseau de velours, sur la vague de ta hanche, dans le creux de ta taille, je gravirai la courbe liquide de ton sein puis me nicherai dans ton cou, avant de me hisser jusqu'à ton oreille pour y couler l'ombre d'un murmure que tu comprendras sans comprendre. Puis je refluerai sur tes flots de chair, mer sensuelle. Le frisson te gagnera, tu le sentiras se lever sur ta peau en une tempête ardente, et tes vagues se feront mouvantes sous son emprise. J'accompagnerai tes ondulations pour ne pas laisser tomber le vent et ma légèreté te sera oppressante tant le manque en toi te semblera lourd, immense.

J'irai boire les relents musqués de ton haleine saccadée, chargée d'envies inassouvies. J'irai extraire à la pointe tendue de ton sein de marbre le lait âcre de ton irritante féminité, me laisserai bercer un moment par la marée montante et descendante de ton ventre embrasé, puis, écartant tes cuisses d'une pensée, je m'engouffrerai en toi avec toute la violence de ton impatience. J'irai vriller ton ventre de l'intérieur, fouailler tes reins de décharges d'orage. Tu n'auras plus le moindre tabou à cet instant, tu ne seras plus que désir sans limite, et tu me laisseras me repaître de ton sang de femme, hurlant ton plaisir à la nuit sans fond.

Longtemps je resterai en toi à déclencher des cyclones de flammes, des séismes qui gagneront tes membres hystériques. Tu crieras que tu n'en peux plus tout en souhaitant que ça ne s'arrête pas. Je ne suis qu'une ombre, ton ombre, je peux pénétrer tes pensées aussi profondément que ton corps; je n'arrêterai pas. Encore et encore, je continuerai à orchestrer pour toi des cataclysmes de plaisir, jusqu'à t'entraîner aux portes de la mort. Tu la sentiras venir au battement frénétique de ton cœur sur le point d'imploser, à cette obscurité zébrée d'éclairs blancs sous ton crâne prêt à éclater, à l'incendie indomptable ravageant ton ventre. Tu la sentiras venir et tu ne la craindras pas. Et tu l'appelleras de tes cris comme l'ultime délivrance, la dernière explosion de jouissance. Ton corps alors se tendra comme un arc de feu, tu hurleras à te déchirer la gorge, et je sortirai de toi avec la même brusquerie sauvage que j'avais mis à y entrer. Tu retomberas, trempée et pantelante, secouée encore de spasmes et de sanglots nerveux, le souffle court, et c'est à peine si tu auras conscience de mon absence soudaine.

Je n'aurai été qu'une ombre, qu'un songe que tu enfouiras bientôt au fond d'un confortable oubli. Mais chaque nuit, à l'orée du sommeil, dans l'abîme de ta solitude, tu devras résister à cette envie confuse, cette pulsion diffuse qui mettra tes sens en alerte et des larmes insensées dans tes yeux. Je ne suis qu'un fantasme, mais désormais tu sauras combien puissants sont mes attraits. Et tu m'appartiendras alors, aussi sûrement que je t'appartiens dans le secret honteux de ton âme. Car n'oublie pas, ma coupable victime, c'est de toi, et en toi, qu'est né le monstre que je suis.

Pour aller plus loin :

Pendant si longtemps le plaisir féminin a été tabou, diabolisé, considéré comme anormal, malsain… Les femmes étaient réputées ne pas avoir de désir propre, ne pas être intéressées par les choses du sexe autrement que dans le but de concevoir des enfants ou de satisfaire les besoins de leur mari. Encore aujourd'hui, une femme qui multiplie les amants et/ou assume haut et fort ses désirs, qui revendique son droit au plaisir quand et comme il lui plaît, n'est pas forcément bien vue, et ce malgré l'érotisation de plus en plus présente du corps des femmes au travers des différents médias. Et pourtant… la libido n'est-elle pas l'expression la plus évidente, la plus puissante de notre élan de Vie ? Et pourtant, dans de nombreuses cultures pré-chrétiennes, la sexualité était considérée comme sacrée, le moyen d'accéder à un niveau de conscience plus élevé, une voie qui reliait la Terre au Ciel… Et pourtant, la Femme est l'initiatrice par excellence, capable d'amener l'Homme à la conscience du Sacré et à cette sorte d'éveil dont la sexualité est la porte d'entrée la plus directe.

Pourquoi ne pas laisser de côté tous ces carcans qui nous poussent encore à choisir entre la mère ou la putain ? Ces injonctions à avoir une sexualité normée, définie par les magazines dits « féminins » ou bien à se soumettre à la surenchère induite par la pornographie. Pourquoi ne pas nous reconnecter enfin à une sexualité qui soit la nôtre, uniquement, entièrement, qui suive le cours de nos envies, des phases de nos cycles, sans culpabilité, sans contrainte, sans jugement ? Retrouver notre sensualité, nos désirs, nos fantasmes, nos goûts et nos dégoûts, nos besoins aussi, de contact ou de solitude… Pourquoi ne pas reconnecter en nous la dimension spirituelle et sacrée de la sexualité ?

Je vous invite à vous procurer un grenat rouge, pierre de l'amour, de la passion, du désir mais aussi de la libération des vieux schémas, de la confiance en soi et du respect de soi, liée au chakra racine. Après l'avoir purifiée et rechargée, choisissez un moment qui vous semble propice, un moment où vous vous sentez bien dans votre corps, détendue.

Pour celles qui sont à l'aise avec cette pratique, vous pouvez parfaitement vous faire accompagner dans cette méditation par un œuf de Yoni. Choisissez dans ce cas une pierre douce, Quartz rose ou Jade.

Étendez-vous, placez la pierre sur votre bas ventre, vos bras le long du corps. Fermez les yeux et détendez-vous. Posez l'intention de contacter la dimension sacrée de votre propre sexualité.
Placez doucement votre conscience dans votre Yoni et, simplement, accueillez. Les sensations physiques, les émotions… Accueillez-les comme un cadeau que vous offre votre corps et vos sens, accueillez-les comme une opportunité de guérir en vous ce qui a besoin de l'être. Laissez-vous simplement aller…

Il se peut que cette première partie de la méditation soit suffisamment intense et « bousculante ». Si vous sentez que c'est le cas, c'est parfait. Soyez douce avec vous-même et avec votre corps. Prenez le temps de le remercier puis, tranquillement, revenez... Vous pourrez refaire cette méditation plus tard, quand vous en ressentirez le besoin ou l'envie et, si c'est juste pour vous, passer à la seconde partie.

Quand vous vous sentirez prête, je vous invite à visualiser dans votre vagin un serpent tournoyant autour d'une pierre rouge. Observez-le le temps qu'il faudra pour ne plus ressentir la moindre appréhension. Sentez comme il fait partie de vous, comme sa présence est naturelle, et comme, à mesure que vous l'observez, la pierre devient plus brillante, lumineuse.

À présent, vous pouvez, doucement, amener le serpent à grandir et à s'élever en spirale dans votre corps. Sentez-le atteindre votre chakra sacré, sous le nombril. Puis votre plexus. À chaque étape, sentez comme les mouvements du serpent nettoient et régénèrent vos centres d'énergie. Ne forcez pas. Il n'y a aucun problème, aucune obligation. Il ne s'agit en aucun cas d'un « échec » si vous n'atteignez pas l'un ou l'autre de vos chakras. L'essentiel est de prendre conscience de cette force en vous et de son potentiel de guérison et d'éveil de votre conscience. L'essentiel, à chaque instant, est d'accueillir avec bienveillance et gratitude les sensations, les émotions et les enseignements qui se présenteront.

LILITH

Lilith la maudite, nue sous l'éclairage amer d'étoiles trop lointaines, debout, toujours debout même quand elle s'étend sous d'autres corps mouvants. Et le fantôme noir de ses cheveux au vent sombre de ces heures que la clarté déserte, étendard d'ébène, cri silencieux de révolte grondante. Lilith, démon de chair et de sang. Le sang rouge de la Vie, des passions qui en sont l'essence. Et la chair, sa chair, comme une rose trop fragile aux épines acérées. Une chair à se damner avec délice, le ventre lourd et les nerfs à vif. Son corps où l'on se découvre pour mieux se perdre, sans retour, sans espoir.

Lilith la déesse sans attache échappée d'un paradis artificiel. L'ange déchu volontairement, traînant au fond des gouffres le poids de sa liberté sans compromis. Car libre, elle l'est, terriblement, douloureusement. Libre de tout oser, de tout risquer, de tout affronter. Libre de tout perdre sans rien gagner d'autre que cette ingrate liberté. Libre d'aimer aussi, un amant, puis un autre, et un autre encore, sans jamais appartenir à aucun.

Et surtout pas à Adam, ce fat, ce fade jeune premier. Premier imposé d'une longue, très longue suite d'amants choisis puis sacrifiés à sa liberté. Comme lui, comme eux. Abandonné, Adam le légitime, Adam le père, le trop tendre geôlier d'une prison trop sucrée. Et abandonnés aussi, les chérubins aux boucles blondes, aux yeux rieurs, maillons inavoués des chaînes censées la retenir et la soumettre. Abandonnés, et tant pis pour les larmes nauséeuses qui nouent la gorge et serrent le cœur dans un étau d'acier. La liberté a un prix, et ne manque jamais de réclamer son dû. « Mère indigne » diront-ils, un poignard enfoncé jusqu'à la garde au creux de ses reins sensuels.

Tendre Lilith, comme ils te blessent. Comme ils te lapident des pierres tranchantes de leur mépris, de leur haine farouche. Comme ils te détestent d'être ce que tu es et qu'ils n'osent pas être. Et comme ils t'envient dans le secret de leur ennui...Tu le sais et ça te venge. Et tu ris, cruelle, comme on hurle à la Lune ; la louve en toi a les crocs dénudés.

Obscure Lilith, brûlante comme une nuit d'été que déchire un orage. Ils ne sauront jamais, Lilith, la flamme qui vibre en toi, consume et éclaire et réchauffe. Ta vérité nue et sans fard, ils la nomment impudeur et la condamnent, eux qui ne sont que mensonge et vulgarité. Leurs tabous masquent le vide en eux. Leur absence, leur non-sens, l'ignorance confortable dans laquelle ils se vautrent.

Il n'en est pas un pourtant que ses rêves hallucinés ne ramènent à toi, la catin de leurs désirs les plus inavouables, la lumière funeste à laquelle leurs sens affamés viennent se griller les ailes. Sorcière, comme tu les envoûtes pour mieux les voir cracher leur honte. Mais c'est sur toi qu'ils crachent. Ils foulent au pied ta beauté trop franche et ternissent ton éclat.

Oh Lilith, si j'ai goûté ton miel et bercé ton sommeil à la faveur d'une nuit plus douce qu'aucune autre, je me souviens surtout du sel de tes larmes et de ces mots chuchotés comme un aveu : « Vivre libre, c'est renoncer au bonheur et se condamner à la plus cruelle des solitudes ». Tu ne regrettais rien pourtant, tu n'as jamais rien regretté. J'aurais voulu que tu te trompes. J'aurais voulu te le prouver. Mais il aurait fallu te retenir entre mes bras, t'attacher à moi...

L'amour aussi est une chaîne, et Lilith n'en supportera jamais aucune.

Pour aller plus loin :

Lilith est l'enchanteresse par excellence, la Louve solitaire et indomptable. Elle vit en chacune d'entre nous, gardienne de notre liberté et de notre nature sauvage. Prête à montrer les crocs si, d'une façon ou d'une autre, elles se trouvent menacées. Lilith est cette partie de nous capable d'entrer en rage ou de tout quitter si on nous pousse trop loin, qu'on exige trop de nous ; trop de compromis, trop d'abnégation, trop de soumission, trop de trahison à ce que nous sommes. Elle est notre part sombre, celle qui fait peur, y compris et surtout à nous-même. Celle qu'on aimerait garder sous contrôle, passer sous silence, pour ne pas faire de vague, ne pas risquer d'être rejetée. Elle est pourtant notre plus fidèle alliée…

En début de Lune décroissante, ou de votre phase enchanteresse, prenez un moment pour vous relier à Lilith en vous.

Laissez remonter à votre mémoire les moments de votre vie où elle s'est exprimée en vous, malgré vous peut-être, les moments de votre vie où vous ne l'avez pas laissée s'exprimer, où vous l'avez muselée, où vous vous êtes vous-même muselée… Du mieux que vous pouvez, essayez de vous souvenir de ce que vous avez éprouvé à ces occasions. Laissez remonter les émotions. Était-ce de la colère ? De la frustration ? De la peur, peut-être ? De la douleur ? De la peine ? Qu'est-ce qui, en vous, était menacé pour qu'elle se manifeste ainsi ? Quelles en ont été les conséquences ?

Maintenant, installez-vous confortablement et fermez les yeux. Ancrez-vous, centrez-vous. Trouvez en vous cet endroit qui n'appartient qu'à vous, ce sanctuaire où rien ne vous menace. Laissez-vous envahir par le calme, la sérénité, la conscience tranquille d'être sur la voie de votre Féminin sauvage et sacré… Cherchez Lilith en vous, prenez tout le temps dont vous avez besoin. Trouvez-la. Faites-lui face, reconnaissez-la, accueillez-la. Sentez à quel point elle fait partie de vous, du plus profond et du plus authentique de ce que vous êtes. Sentez son pouvoir. Sentez qu'il est vôtre, indéfectiblement vôtre.

Quand vous vous sentirez prête, si c'est juste pour vous, vous pourrez, face à elle, prendre l'engagement de lui prêter désormais une oreille attentive ; elle est la voix de votre intuition… Acceptez avec le cœur de recevoir ses enseignements, de la laisser vous guider. Et recevez maintenant les messages qu'elle a à vous délivrer...

Quand le moment sera venu, remerciez-la et, tranquillement, revenez. Sachez désormais qu'elle vous accompagne et vous guide à chaque instant. Soyez sûre que vous saurez reconnaître sa voix...

INQUISITION

Le galop assourdissant du cheval, ses flancs écumants, les branches basses qui fouettent le visage au passage, un goût de sang dans la bouche… Depuis combien de temps, cette chevauchée frénétique ? Peu importe… Pour aller où ? Peu importe… Fuir… Fuir les images dans sa tête, les hurlements à ses oreilles. Fuir le cauchemar, l'horreur, le dégoût. Échapper à la morsure atroce de la culpabilité. Effacer, oublier. Oublier… Savoir que l'oubli est impossible mais fuir malgré tout, droit devant…

Le martèlement des sabots comme le grondement sourd d'un tonnerre de rage impuissante pour faire taire les cris. Qui crie ? Lui, ou elle encore ? Non, pas elle. Elle ne criera plus jamais, son calvaire a pris fin. Mais sa mémoire, ses remords, ne se laisseront pas apaiser par cette idée et les images qu'il tente en vain de repousser avec l'énergie du désespoir forcent de nouveau ses pauvres barrières mentales, gagnant du terrain, s'imposant encore et encore…

Sa peau si douce sous ses mains, sa peau se fendant sous les lanières de cuir. Son parfum d'herbe fraîchement coupée, l'odeur écœurante de la chair brûlée. Ses mots chaleur sous les caresses, le froid de son silence face à la brutalité de ses violeurs. Sa chevelure de nuit glissant entre ses doigts, les mèches sans vie s'échouant à terre sous le rasoir. Le sourire dans ses yeux, la lumière, puis le mépris, la fierté comme dernier rempart. Et puis la douleur. Et l'incompréhension suppliante quand son regard à lui s'est détourné lâchement…

Lyra… Si belle, si touchante. Mystérieuse, insaisissable, différente. Trop différente… La différence est dangereuse en ces temps de peur et d'inquisition. « Sorcière ! », le mot est sur toutes les lèvres, porteur de tout le mépris et la défiance des gens bien pour ce qui ne leur ressemble pas, ce qu'ils ne comprennent pas. « Suppôt de

Satan, démon, pécheresse! » Non, juste une femme, libre et simple. Solitaire, indépendante et pourtant chaleureuse. Juste une femme entre ses bras. Juste Lyra…

Mais comment convaincre des juges qui refusent d'être convaincus ? Comment remettre en cause un verdict posé d'avance ? « Coupable de sorcellerie ! » Le doute n'a pas sa place, le châtiment sera appliqué, pour la gloire de Dieu et de ses mercenaires…

Elle ne s'est pas défendue, à quoi bon ? Elle n'a pas abjuré, n'a rien renié, elle ne se reconnaissait pas dans l'image qu'on lui peignait d'elle. Elle a refusé les serments qu'on a tenté de lui arracher et qui n'avaient aucun sens pour elle… Sous le défi sa fragilité, mais ils n'ont vu que le défi et s'en sont sentis insultés. Leur fureur s'est déchaînée sur elle, puis leur barbarie, le plaisir abject de faire souffrir dissimulé sous de pieux prétextes. Mais quelle justification, même « divine », pourrait tenir face à ce qu'ils lui ont fait subir ? Cruauté, rien de plus. Et comme ils ont fait durer la torture, ce soi-disant « juste châtiment », sa lente agonie… Comme ils l'ont salie, humiliée, brisée, avant d'en finir en la livrant aux flammes…

Les souvenirs dansent, se superposent, inlassablement, implacablement… Lui, a bénéficié de leur « clémence » ; la chair est faible, que peut un homme envoûté par un démon ? Pour garder la vie sauve, il lui suffisait de ne rien dire, ne pas protester, ne pas prendre sa défense. La preuve de son repentir ne serait pas difficile à apporter ; il lui faudrait juste assister au calvaire de son amante sans broncher ni se révolter, sous peine de le partager.

Alors il n'a pas bronché. Le cœur blindé et les lèvres closes, il a regardé, jusqu'au bout. Les larmes et la colère étouffées et l'étouffant, il n'a rien dit, rien tenté… Ainsi – avait dit l'inquisiteur – il serait absous de ses péchés et définitivement délivré du démon qui l'avait possédé.

Mensonge ! Délivré, il ne le serait jamais, hanté jusqu'au dernier jour par les cris de douleur de Lyra, par la vision de ce qu'ils lui avaient infligé. Et sa lâcheté à lui lorsqu'il l'avait abandonnée, reniée, quel dieu pourrait un jour la lui pardonner ? Plus jamais l'oubli, plus jamais la paix, et cette nausée qui continuerait sans fin à lui dévorer les entrailles… Tel était son châtiment à lui et il le savait trop lourd.

Alors, tirant sur les rênes du cheval harassé, il mit fin à sa course vaine. Puis, de sa dague, il trancha lui-même le fil d'une vie qu'il avait pourtant si chèrement payée. Alors vint le silence, les images se noyèrent dans l'ombre, il sombra dans l'oubli, enfin…

Pour aller plus loin :

Qui que nous soyons, quelle que soit notre histoire, l'histoire de notre lignée maternelle, de par le fait même d'être femmes, nous portons toutes dans nos cellules la mémoire de ces femmes torturées, assassinées, sacrifiées sur les bûchers de la terreur sous la seule accusation d'avoir osé revendiquer une sagesse ancestrale, leur connexion à la Nature, leur indépendance, leur différence, leur nature même de femmes libres et intègres, leur refus de se soumettre à des injonctions qui n'avaient aucun sens pour elles.

Si vous le souhaitez, si c'est juste pour vous, vous pouvez accomplir ce rituel en leur mémoire, de préférence un soir de Pleine Lune.

Munissez-vous d'un miroir et d'une bougie. Installez-vous confortablement dans une pièce sombre, ou à l'extérieur, dans la tranquillité de la nuit qui s'installe.

Ancrez-vous, centrez-vous. Posez l'intention de contacter en vous la mémoire des sorcières du passé, la mémoire de celles qu'on a condamnées, la mémoire de celles qu'on a contraintes à vivre dans la peur. Inspirez profondément, expirez lentement, autant de fois que nécessaire pour laisser le calme se faire en vous.

Maintenant, allumez la bougie et placez-la de façon à ce que le miroir reflète à la fois votre visage et la flamme. Regardez votre reflet dans les yeux. Plongez dans ces fenêtres de votre âme. Prenez conscience qu'en d'autres temps, en d'autres lieux, pas si anciens, pas si éloignés, nombre de vos croyances, de vos pratiques les plus anodines, pourraient vous aussi vous mener au bûcher. Sachez-le, ressentez-le. Et accueillez une à une les émotions qui se présentent alors, simplement, sans chercher à les analyser, sans chercher à vous « souvenir »…

Maintenant, toujours en fixant votre reflet dans les yeux, avec toute la force de votre compassion, avec toute la force de votre volonté de découvrir et d'assumer entièrement votre nature de Femme, comme un hommage du cœur à ce qu'elles étaient et à ce que vous êtes, affirmez-le à voix haute : « je suis Sorcière ! »

Sentez ce qui se dégage de cette affirmation, la puissance de vos mots. Accueillez-le avec gratitude, et sachez qu'en vous, à travers vous, elles survivent…

SOLSTICE

La lune est pleine cette nuit, une lune couleur de flamme, une nuit de loups hurlant au fond des bois, une nuit de magie… Tous la sentent cette magie de la Terre, la magie sacrée du solstice. Elle bat dans le martèlement des tambours, résonne dans le battement du sang dans les veines, s'insinue au creux des ventres, en cet endroit où les instincts hurlent avec les loups.

Le clan s'est réuni, comme la meute, là-bas, dont le chœur s'élève en un hommage sauvage à la Vie. Assis en cercle autour du bûcher grondant, tous attendent, peur et excitation mêlées, l'incarnation de la Déesse, la Louve humaine, la Femme de flammes. Tous attendent qu'elle commence pour eux la danse sacrée du désir indomptable…

Quand elle apparaît enfin, un frisson court le long des échines. Les chamans l'ont choisie parmi le clan, mais pas un ne la reconnaîtra ; elle n'est plus la fille de son père, la sœur de son frère ; ce soir elle n'est plus des leurs et nul ne pourrait en douter. Le reflet des flammes danse sur sa peau nue, son regard se fait braises, sa chevelure semble animée d'une vie propre et ses pieds frappent le sol au son des tambours qui accélèrent encore et encore. Son corps se tord sous la transe, ses hanches ondulent avec frénésie, ses mains tracent dans l'air d'étranges arabesques dont tous, pourtant, saisissent le sens, l'appel…

La danse l'entraîne autour du bûcher à une vitesse hallucinante. Sa peau ruisselle de gouttes de sueur qui allument des perles de lumière le long de son corps souple et nerveux.

Tous, hommes et femmes, retiennent leur souffle. Tous croient mourir un instant quand son regard brûlant se pose tour à tour sur chacun d'eux. Dans tous les yeux fixés sur elle, comme ensorcelés, le désir allume sa fièvre. Pourtant aucun ne la possédera jamais ; cette nuit a fait d'elle la proie consentante et fière d'un Dieu imprévisible et capricieux auquel nul simple mortel ne saurait se substituer…

Pour aller plus loin :

De jour ou de nuit, de préférence à l'extérieur. Choisissez des vêtements souples, confortables, de préférence une jupe longue et ample qui vous placera au centre de votre propre cercle, et déchaussez-vous. Faites-vous de la place, un maximum de place, que rien ne puisse gêner vos mouvements, vous couper dans votre élan.

Puis, sur une musique rythmée et inspirante, au son d'un tambour chamanique par exemple, commencez à frapper la terre de vos pieds nus. Sentez ce contact, cette pulsation qui vous ancre. Sentez monter en vous ce besoin primordial de renouer le contact avec la Terre, avec vos racines, d'incarner le rythme des battements de cœur du Tout qui nous compose et dont nous faisons partie intégrante.

Autorisez-vous à suivre votre propre rythme, votre propre battement, votre propre élan vital jusqu'à ce que, naturellement, il s'unisse et s'harmonise à celui de la musique. Laissez alors cette vibration vous pénétrer. Sentez comme, naturellement, vos hanches, votre taille, vos épaules, vos bras, votre corps tout entier commencent à onduler à l'unisson. Laissez faire. Soyez à l'intérieur de votre corps, à l'intérieur de vous-même. Soyez l'instrument de cette musique, devenez la musique elle-même. Et dansez !

Dansez, dansez, tournez... dansez comme si votre vie en dépendait. Dansez votre vie, dansez la Vie, dansez la Terre et l'Univers. Dansez jusqu'à ne plus avoir de souffle, jusqu'à ruisseler de sueur, jusqu'à ne plus savoir où votre corps s'arrête et où le Monde commence. Dansez jusqu'à vous sentir vidée de tout ce qui, habituellement, vous retient de danser... Puis dansez encore.

RAVEN

Une course éperdue. Un souffle court. Une elfe aux cheveux aussi noirs que le plumage du corbeau dont elle porte le nom, dont l'image tatouée, ailes déployées, orne son dos ruisselant de sueur.

Raven est rapide, endurante, mais la peur qui la porte est moins puissante encore que la haine des guerriers qui la pourchassent et la talonnent déjà. La peste qui frappe leurs villages, la canicule qui dessèche leurs champs… il leur faut un coupable sur qui se venger de leur propre impuissance et les elfes ont toujours fait de parfaits boucs émissaires. Leur beauté, leur magie, leur différence enfin, les rendent suspects aux hommes, surtout depuis qu'ont débarqué sur les côtes leurs étranges prêtres en robes de bure. Ceux-ci n'ont que les mots « démon », « péché », « châtiment » à la bouche, serviteurs d'un dieu cruel qui pourtant se dit d'amour.

Mais où est l'amour dans ce qu'ils font subir aux siens ? se demande Raven. Où est l'amour dans les corps des elfes qui se tordent sous la morsure des lanières de cuir, dans ceux de leurs compagnes déchirées par les coups de boutoir de ces brutes avinées au regard sale ? Quel amour dans leurs rires gras devant les visages maculés de larmes des femmes de sa race, devant le sang coulant le long de leurs cuisses écartelées ? C'est la haine, pas l'amour, qui brûle dans les bûchers où se consument les corps torturés de ses frères. Et c'est la haine qui brûle maintenant dans le cœur de Raven, qui coule dans ses veines, remplaçant la peur, remplaçant le respect de la vie transmis par ses ancêtres comme la plus sacrée des valeurs. « Ne pas tuer, ne pas prendre la vie »…

Mais la haine s'est emparée d'elle et, dans un rire hystérique, Raven s'arrête et se retourne. La haine dans ses yeux. La haine dans la lame recourbée volée en passant tandis qu'elle s'enfuyait. La haine guidant son bras qui s'abat, encore et encore. La peur a changé de camp à présent. Les guerriers tombent à genoux, pleurant comme des enfants devant le terrible spectacle de cette haine surpuissante, implorant la fureur enragée de l'elfe de les épargner. Mais la haine ne connaît pas la pitié, eux-mêmes le lui ont prouvé tant de fois… Raven a retenu la leçon, imprimée dans sa chair en lettre de feu, et la lame continue de s'abattre, tranchant têtes et membres jusqu'à ce que le dernier cri s'éteigne enfin.

Le silence tombe alors sur le lieu du carnage au centre duquel se dresse Raven, farouche, sans regret. Les corbeaux hantent les champs de bataille, se repaissant du sang des massacres. Son nom, soufflé par la nuit au moment de sa naissance, se révèle prédiction. Raven ne marchera pas contre son destin ; sur les ailes noires de la haine, l'elfe entre en guerre…

Pour aller plus loin :

Parce qu'il est de justes colères, des combats nécessaires, des valeurs essentielles qui valent de se battre pour les défendre, des actes et des paroles inacceptables qui exigent qu'on s'élève et qu'on leur fasse barrage. Parce que la peur est un frein à l'existence, au droit de chacun d'être qui il est. Mais parce que la haine est un égrégore puissant, un piège dans lequel il est facile de tomber, et de se perdre…

Asseyez-vous confortablement. Ancrez-vous. Centrez-vous. Sachez, sentez qu'il n'y a ici et maintenant aucune menace, aucun jugement. Seulement vous, entière et alignée.

Laissez remonter à votre mémoire un moment où vous vous êtes sentie submergée par la colère, par la haine. Un moment où vous avez senti monter en vous une violence difficile à contenir… Du mieux que vous pouvez, essayer de revivre ce moment, de retrouver ces émotions, sans chercher à minimiser, sans culpabilité, en gardant la conscience et le recul que cet instant appartient au passé…

Maintenant, visualisez ; vous êtes assise, et tout, autour de vous, est sombre. Une obscurité pesante, poisseuse, qui vous encercle, menace peut-être de vous écraser… Ce sont les ombres de votre colère, de votre haine, de la violence qui sommeille en vous comme en chacun d'entre nous. Mais vous savez que ces émotions, ces sentiments vous appartiennent ; vous pouvez décider de ne pas vous laisser submerger, vous pouvez les maîtriser…

Recentrez-vous sur votre souffle puis, lentement, simplement parce que vous l'avez décidé, commencez à rassembler ces ombres, à les condenser en un nuage d'orage qui, peu à peu, devient plus dense mais plus petit… peu à peu… si petit qu'à un moment il n'en reste plus qu'une sphère de la taille d'une boule de billard. Prenez cette boule dans votre main droite…

À présent, regardez autour de vous… l'atmosphère s'est allégée, éclaircie, apaisée, purifiée. Savourez le soulagement que cela vous procure…

Vous pouvez maintenant reporter votre attention sur la boule noire dans votre main. Soupesez-la, observez-la comme vous le feriez d'un objet extérieur à vous-même, que vous voudriez étudier uniquement par curiosité… Détachez-vous de tout jugement ; observez simplement de la façon la plus neutre possible, sans analyser. Il se peut qu'à force de l'observer, elle devienne à son tour de plus en plus légère, de plus en plus claire, jusqu'à disparaître… Il se peut aussi que, sous vos yeux, elle se transforme en autre chose, quelque chose qui sera à la fois un message et un enseignement. Si ce n'est pas le cas, alors demandez-vous ce que vous voulez en faire, ce que vous devez en faire ? Qu'est-ce qui est juste pour vous ?

La décision, quelle qu'elle soit, vous appartient…

CHANGEMENT

Le rêve a débuté. Rêve ou cauchemar ? Elle-même ne saurait le dire… Une forêt qui s'embrase, la cavalcade des animaux, les cris affolés des elfes, évoqueraient plus sûrement le cauchemar. De même que ces silhouettes sombres, arcs bandés, postées à l'orée du bois. Mais cette présence à ses côtés, indéfinissable et malgré tout tellement rassurante… Le songe, cette fois encore, ne lui permettra pas de tourner la tête vers ce « Lui », mais le calme en elle lui souffle qu'elle n'a pas à le craindre, et ses yeux restent rivés sur le drame qui se joue là, devant elle. Au grondement furieux des flammes s'est joint le sifflement des flèches. Et les cris, d'affolés, sont devenus d'agonie. Il faudrait agir, arrêter ce massacre, mais elle ne le peut. Ses bras pendent le long de son corps, inertes. Elle-même se sent détachée de ce spectacle, comme s'il ne pouvait la toucher, comme s'il ne la concernait pas. Elle regarde, curieuse. Elle attend la suite, la fin…

Ils sont des siens pourtant, ceux qui meurent là-bas, ceux qui s'éteignent au sein de l'incendie. Elle cherche en elle la compassion mais ne la trouve pas. Rien. Pas même une once de peur. Rien d'autre que ce calme immense, irréel. Est-ce ainsi que les dieux observent leurs enfants s'entretuer ? Mais elle n'est pas un dieu. Qui est-elle ? Elle sent ses sourcils se froncer dans son sommeil. Qui est-elle ? Un nom, une vie, un passé, il doit bien y avoir en elle une trace, un indice…

Le rêve est modifié. Jamais au cours de toutes ces nuits où il est revenu la hanter, inlassablement, elle ne s'était encore posée la question.

- « Enfin ! »

Un mot, guère plus qu'un chuchotement, mais elle a perçu la pointe d'amusement, l'ironie du sourire. Il peut parler ! Elle s'était habituée à sa présence muette et ne s'était pas même imaginée qu'Il pouvait émettre autre chose que ce calme qui émane de Lui et l'enveloppe, elle, la protégeant du flot d'émotions et d'horreur qui devrait la submerger face à cette vision de feu et de sang.

- « Une vision, oui. » L'ironie est toujours là, sous les mots. Il peut parler. Et s'Il peut parler, Il doit pouvoir répondre…

- « Qui suis-je ? »

Ses lèvres n'ont pas remué. La question est sortie d'elle, tout simplement, portée par sa seule pensée. Un silence. Répondra-t-Il ? Il prend son temps et l'air se charge du poids de l'attente.

- « Celle qui voit, celle qui peut. Tu es le Changement… »

Et soudain elle sait. Elle a toujours su. Ce calme ne venait pas de Lui, mais d'elle-même. Ce calme, c'est la certitude tranquille de son propre pouvoir. Ce pouvoir endormi depuis si longtemps et que les mots viennent de libérer, d'amener à sa conscience.

Voilà ce qu'Il voulait, voilà ce qu'Il attendait. Sa mission est remplie. Alors les images lui sont rendues, ses images, celles de sa vie d'avant, ses souvenirs. Elle était Lya, elfe parmi les elfes, gardienne de la forêt et de ses secrets au même titre que tous ceux de son peuple, ni plus ni moins. Souvenirs de journées ensoleillées, de nuits étoilées. Souvenirs de joies ou de peines, de rires et de larmes, de cœur qui bat pour d'autres cœurs, de son corps frémissant sous d'autres corps. La vibration des chants s'élevant sous les frondaisons. L'excitation et l'odeur de sang de la chasse. Les tâches quotidiennes. Souvenirs d'une vie semblable à tant d'autres, une vie simple, une vie heureuse…

Mais elle n'est plus Lya, sa vie n'est plus celle-là. Le destin, cette nuit, est venu lui réclamer son dû. Il ne souffrira aucune hésitation, n'offrira aucune négociation. Ce n'est pas un choix qui se présente à elle, mais une voie unique, une voie sombre et solitaire. La liberté de refuser ne fait pas partie du jeu. Pas sa liberté à elle quand la liberté, la vie même, de tant d'autres sont l'enjeu. Alors, ignorant l'amertume de ses larmes, sans un « pourquoi ? » de révolte, elle adresse en silence un dernier adieu à celle qu'elle fut, à celle qu'elle aurait pu devenir, et prend possession de ses nouvelles chaînes, ce pouvoir qui brûle en elle, déjà.

Elle est le Changement, et le changement doit avoir lieu.

Pour aller plus loin :

Vous est-il arrivé de sentir le vent du changement ? Le sentez-vous maintenant ? Ce sentiment d'un décalage entre ce que sont les choses et ce qu'elles devraient être, cette impression qu'il faut faire quelque chose, bouger, modifier, sortir du cadre, évoluer… Le mouvement est la Vie, par opposition à l'immobilité, la stagnation. Et le changement est un mouvement qui vise à améliorer, élever, avancer.

Regardez autour de vous ; en réalité, tout bouge, tout change en permanence. Que décidez-vous ? Resterez-vous spectatrice de ce changement, extérieure à lui ? Suivrez-vous son courant, vous laisserez-vous porter en toute confiance, sans résister ? Le permettrez-vous ? Ou encore impulserez-vous le changement, l'incarnerez-vous ?

Je vous propose de noter sur une feuille de papier une chose que vous aimeriez voir changer à l'échelle du Monde.

Projetez-vous maintenant dans un futur où ce changement aurait eu lieu. De quelle façon cela impacterait-il votre vie ? En quoi cela modifierait-il votre façon d'agir au quotidien, votre façon d'être au Monde et avec les autres, la perception que vous avez de vous-même ?

Maintenant, revenez au présent. Qu'est-ce qui vous empêche d'agir et d'être ici et maintenant comme vous agiriez et seriez si le changement avait déjà eu lieu ?

Gardez présent à votre esprit que vos rêves, vos pensées, vos actes, vos mots sont créateurs. Que vous êtes par nature créatrice. Le changement que vous espérez, que vous attendez, est en grande partie entre vos mains ; c'est en vous d'abord qu'il doit avoir lieu…

Maintenant, fermez les yeux. Ancrez-vous, centrez-vous...

Sentez-vous être ce pilier entre la Terre et le Ciel, sentez leurs énergies vous traverser et fusionner en vous. Vous êtes un croisement, un des nœuds de la grande toile qui englobe tout. Vous faites partie intégrante de cette toile. Ressentez-le…

Prenez conscience des vibrations que le moindre de vos gestes, le moindre de vos souffles peuvent provoquer et de la façon dont ces vibrations courent sur la toile, modifiant son tracé, impactant légèrement l'infinité des autres éléments qui la constituent…

Sentez comme vous-même êtes impactée, plus ou moins, par les incessantes vibrations qui la parcourent. Sentez comme vous pouvez résister à ces vibrations ou, au contraire, suivre leur mouvement. Comme vous pouvez les bloquer ou, au contraire, les amplifier. Sentez votre pouvoir d'agir ou non.

Sentez comme votre présence même au sein de la toile la modifie déjà. Sentez cette responsabilité qui est la vôtre. Prenez votre place, acceptez-la en conscience. Et, en conscience, faites vos choix…

LE VOL DU FAUCON

Au sommet de la falaise, entre le ciel ombrageux et la terre des hommes en bas, nichée insouciante au creux de ses vallées, c'est le domaine du vent, sauvage et indompté. Un appel à une liberté furieuse et sans limite, dangereuse. Une force insensée qui pousse vers le vide, qui vide la tête pour ne laisser que les sens, l'essence, la folie... Et là, dans le grondement lointain encore de l'orage, la tension qui monte, latente, presque palpable dans le ventre, nerfs à fleur de peau et larmes de pluie le long des joues.

Il y avait l'oiseau, le faucon gris acier et son cri de défi. Et la faux de ses ailes moissonnant l'air pour s'élever plus haut, toujours plus loin du sol et des yeux, puis redescendre à pleine vitesse, maître des éléments, maître du vent vibrant dans ses rémiges. Il y avait cet oiseau qui n'était pas, qui ne serait jamais une proie. Et son cri était un rire de dérision, cruel à qui ne peut s'élever, les pieds enracinés profond dans la terre, la terre des hommes, gainés de boue comme de fers. Lourd, si lourd ce corps prison, ce cœur trop plein de rêves impossibles, d'envies inassouvies, de questions, de ce malaise de ne pas être à la bonne place, tombé là comme une pierre. Si lourde, la pierre, si loin du ciel...

Il aurait fallu que vienne la pluie, une averse, un déluge, un déchaînement de violence et de rage. Il aurait fallu que l'orage éclate pour que fondent sous sa fureur la tension insupportable, la colère et la frustration. Il aurait fallu la pluie pour noyer les larmes et alourdir le vol du faucon, cette ironie mordante, cette gifle en pleine face. Mais la pluie se refusait ; pas de soulagement, plus d'aveuglement possible à qui a contemplé du haut d'une falaise le vide à ses pieds, le vide en son âme, et le vol tranchant d'un oiseau d'acier. La pluie ne viendrait pas, pas cette fois, et la tension montait toujours au creux du ventre, nouait la gorge en un cri silencieux, désespéré.

La folie, la folie dans chaque bourrasque qui vient fouetter le visage et arracher par lambeaux les haillons d'une vie terrestre. La folie dans le rire qui monte de la gorge quand cède enfin le nœud. Et les bras étendus comme des ailes, et les yeux levés vers le ciel. Le faucon s'est tu là-haut, il tournoie en silence, il sait, il attend. Un pas, un autre pas, le bord de la falaise, le vide, et un cri de défi, un cri triomphant d'oiseau de proie, un rire jeté à la face de toutes les raisons, de tous les destins. Plus jamais la proie du destin, plus jamais...

Le faucon a piqué dans un éclair gris acier, les ailes ramassées pour pénétrer l'air à pleine vitesse, et son cri perçant a déchiré le ciel. Le faucon a piqué, puis est remonté, à contre-vent, à contre-courant, libre. Et la pluie est tombée…

Pour aller plus loin :

Le Faucon est un puissant guide initiatique, messager traditionnel entre le Ciel et la Terre. Symbole d'affranchissement de la pesanteur et d'élévation spirituelle, il nous exhorte à prendre de la hauteur, de la distance, dans notre façon de considérer notre parcours afin de prendre conscience et de nous libérer de tout ce qui freine notre envol ; notre Ego, nos peurs, nos croyances erronées, nos blocages hérités, que ce soit de notre vécu, de nos lignées, de nos vies antérieures. Il nous incite à voir loin devant pour trouver le courage et la motivation de prendre notre essor, et à suivre les impulsions de notre instinct pour saisir au vol les signes et opportunités. Suivrez-vous l'enseignement du Faucon ? Le laisserez-vous vous guider ?

Asseyez-vous confortablement et fermez les yeux. Ancrez-vous. Centrez-vous.

Maintenant, visualisez-vous en train de vous élever tout droit vers le ciel, très haut, suffisamment haut pour embrasser du regard l'ensemble de votre paysage.

Tournez-vous vers l'arrière. Vous regardez votre parcours de vie, de votre naissance, peut-être même avant votre naissance, jusqu'à aujourd'hui… Discernez-vous des schémas qui se répètent ? Pouvez-vous en saisir l'origine, le sens ? Voyez comme, malgré tout, vous avez parcouru une longue route. Voyez les différents paysages que vous avez traversés. Voyez comme, malgré tout, cette route est cohérente, et tout ce qui a contribué à vous amener là où vous êtes aujourd'hui…

Maintenant, tournez le dos à votre passé et regardez droit devant, loin… Le paysage qui s'étend devant vous est exactement ce que vous voulez qu'il soit, que vous en ayez conscience ou non, et le soleil brille au-dessus, éclairant et réchauffant tout autour de vous. Prenez le temps de regarder, de vous en imprégner…

Du coin de l'œil, vous discernez un mouvement un peu plus bas que vous dans le ciel. Un oiseau. Observez-le un moment, observez son vol, la couleur de son plumage, la forme de ses ailes. Cet oiseau, c'est votre vie, votre existence incarnée ici et maintenant. Observez-le, sans jugement. Laissez monter en vous les émotions qui se présentent, accueillez-les avec bienveillance et laissez-les vous enseigner ce qui doit l'être.

Quand vous vous sentirez prête, vous fondrez sur lui en piquet et vous le saisirez au vol. Tenez-le bien, serrez-le fort contre vous. Avec amour et gratitude, intégrez-le à vous. Intégrez-vous à lui.

À présent, vous ne faites plus qu'une avec votre vie et vous volez droit devant dans la lumière et la chaleur bienfaisante du soleil…

LELL

Lell a rêvé le loup. Entre éveil et sommeil, dans le gris de l'aube naissante, sa présence l'accompagne encore, évanescente comme la brume qui, au matin, s'effiloche doucement entre les rameaux.

Les yeux obstinément clos, Lell tente une fois encore de le retenir dans la réalité qui, peu à peu, prend le pas sur le songe. Le loup, le grand loup gris aux yeux d'or qui l'appelle dès que tombe la nuit, s'évanouit invariablement à la lumière du soleil, la laissant chaque jour plus vide, plus triste, plus lointaine de ce qui fait le quotidien des siens.

Lell se lève enfin, s'efforçant de reprendre pied dans la routine, de combler le vide du loup de tous ces petits gestes anodins qui emplissaient sa vie avant lui… en vain. Le manque ce matin va plus loin, tient toute la place. Alors, sans rien décider, sans même y réfléchir, comme obéissant à un besoin plus fort que la raison, une évidence soudaine, Lell traverse puis quitte la cité sylvestre, indifférente aux regards, aux appels de ses semblables, ses pas guidés par un instinct sûr qu'elle ne savait pas posséder.

Lell a marché tout le jour sans que le temps, la faim ou la fatigue aient la moindre prise sur elle. À la nuit tombante, elle a atteint ce qu'elle sent être le cœur de la forêt et s'est adossée au sage végétal qui trônait au centre de la clairière.

Lell attend, sans appréhension, confiante, l'écorce rugueuse lui transmettant au travers de sa tunique une paix tranquille qui ne vient pas d'elle. Soudain, le chêne centenaire semble frémir dans son dos. Le temps suspend son vol et, à la clarté d'une Lune rousse, il apparaît enfin.

Le loup s'avance de sa démarche souple, l'or de ses yeux fauves fixé sur elle. Alors, portée par l'intuition, Lell étend les bras et ses doigts esquissent dans l'air le dessin d'une rune antique, oubliée. L'atmosphère semble vibrer, parcourue d'ondes mouvantes, puis, le temps d'une inspiration, le loup fait place à un être qui lui ressemble, elfe comme elle en apparence, mais son regard est resté le même et Lell sait que le loup, s'il a changé d'enveloppe, est toujours présent. Elle lui rend son sourire, son regard, puis, comme il s'approche et pose les mains sur ses hanches, elle lève les bras en un geste lent, agrippe une branche basse du chêne et laisse ses jambes s'enrouler autour de la taille de son compagnon.

Longtemps ils se sont aimés ainsi, entre terre et ciel, sous le couvert protecteur des branches, puisant dans l'écorce du patriarche l'énergie profonde de la forêt et de la nuit. Puis, épuisés, ils se sont laissés glisser sur la mousse entre les racines noueuses et accueillantes de l'arbre et, toujours enlacés, ont goûté le repos d'un sommeil apaisé que nul rêve n'est venu troubler.

Au matin, le grand loup gris aux yeux d'or a quitté la clairière. Une louve couleur de nuit le suivait d'une démarche sereine. Entre rêve et réalité, Lell avait choisi sa voie…

Pour aller plus loin :

Asseyez-vous ou allongez-vous confortablement. Ancrez-vous. Centrez-vous. Prenez conscience de votre souffle. Prenez conscience de chacune des parties de votre corps puis, du mieux que vous pouvez, de votre corps dans son ensemble. Posez maintenant l'intention de rencontrer votre animal totem. Tout en respirant calmement, répétez intérieurement cette intention, autant de fois que vous le sentirez nécessaire pour bien l'imprimer et ne pas la perdre.

À présent, visualisez-vous devenir petite, très petite. Vous êtes à l'intérieur de votre corps. Devant vous, se dresse une grande grille de fer forgé, ouvragée. Elle marque l'entrée de votre cœur. Elle est fermée mais, en regardant dans votre main droite, vous constatez que vous en avez la clef, que vous l'avez toujours eue. Ouvrez la grille et entrez.

Vous vous trouvez à présent sur une allée de terre battue. Des deux côtés, de grands arbres la bordent. Leurs ramures se rejoignent au-dessus de l'allée, vous procurant une ombre apaisante entrecoupée par endroit de rayons de lumière douce. Suivez cette allée. Prenez le temps d'admirer les arbres, d'écouter le bruissement de leurs feuilles…

Vous arrivez maintenant à une clairière. Les arbres qui l'entourent s'élèvent encore plus haut que ceux de l'allée. Moins cependant que celui, immense, qui se dresse au centre de la clairière. Le sol est recouvert d'une mousse épaisse et fraîche, agréable à vos pieds nus.

Vous vous dirigez vers l'arbre au centre de la clairière. Saluez-le, touchez-le. Prenez le temps de sentir son écorce sous vos doigts… Puis asseyez-vous à son pied.

Vous vous sentez bien, en sécurité, parfaitement détendue. Savourez cet instant, ces sensations…

À un moment, vous sentirez une présence à l'orée de la clairière. Il se peut que vous la discerniez clairement, ou bien qu'elle reste une impression diffuse. Ce peut être un loup bien sûr, mais pas forcément ; il peut s'agir de n'importe quel animal. Ne bougez pas, observez-le, ressentez-le, simplement… Peut-être va-t-il s'approcher, vous parler… Ne forcez rien, accueillez simplement. Vos émotions, les messages éventuels qu'il a à vous transmettre. Vous pouvez parfaitement, si vous en ressentez l'impulsion, entamer avec lui un dialogue. Ou bien, pour cette fois, vous satisfaire de sa simple présence. Quoi qu'il en soit, vous connaissez maintenant cet endroit, vous pourrez désormais y revenir à chaque fois que vous en éprouverez le besoin… Vous aurez tout le temps de faire connaissance avec son gardien, rien ne presse…

Quand vous vous sentirez prête, vous vous lèverez, remercierez les arbres et le gardien, puis vous sortirez de la clairière. Vous suivrez à nouveau l'allée jusqu'à la grille, que vous prendrez soin de refermer. La clef vous appartient, vous la trouverez toujours au creux de votre main.

Maintenant, lentement, doucement, revenez…

L'OURS

Elle avait passé des nuits entières à observer la Lune et les étoiles, les larmes lui brûlant les yeux à trop scruter le ciel dans l'espoir de lui soutirer ses mystères. Elle avait interrogé les plus sages des sages jusqu'à atteindre les limites de leur patience, marché sur tant et tant de chemins que ses pieds n'étaient plus que douleur. Elle avait appris à déchiffrer toutes les lettres et toutes les runes, tous les symboles de tous les livres, toutes les tablettes d'argile, tous les parchemins jusqu'à ce qu'ils tombent en poussières sous ses doigts. Elle s'était couchée sur des lits de pierres aux propriétés soigneusement choisies, priant pour qu'elles lui ouvrent, dans ses songes énervés, les portes fermées. Elle avait cru mille fois mourir en vomissant les breuvages étranges qui devaient élargir sa conscience. Tant de fois, elle s'était vue sur le point de pénétrer les secrets de l'Univers. Tant de fois elle avait manqué de si peu toucher du doigt l'Essence du Monde. Tant de fois…

Et voilà qu'elle ne savait plus où chercher. Voilà que plus rien n'éveillait sa curiosité. Voilà qu'elle se retrouvait incapable d'y croire encore. Elle avait oublié la chaleur du soleil, le goût d'une eau fraîche au creux de la main, le parfum de la mousse. Les fruits les plus juteux avaient le goût de la cendre à ses lèvres et ses yeux étaient secs, vides de larmes, vides de lumière et de vie. Vide… Elle se sentait vide d'avoir tant cherché et de n'avoir rien trouvé, rien appris, rien compris de ce qui pourrait combler ce vide. Et voilà qu'elle se disait que tout cela n'avait finalement été que vaine agitation, illusions. Rien au fond n'avait finalement de sens. Et si rien n'avait de sens, alors…

Alors, elle décida de se retirer de ce monde illusoire et insensé. Elle escalada le sentier périlleux pour rejoindre la grotte là-haut, qu'elle avait repérée déjà, de loin, durant ses pérégrinations. Juste une grotte à flanc de colline escarpée, dans un paysage de pierres sèches et de végétation rabougrie. Exactement ce qu'elle était devenue. Elle se disait qu'elle y trouverait l'oubli et la fin de cette triste farce.

Elle l'atteignit comme le jour déclinait. Il y faisait sombre et un peu froid, mais pas autant qu'à l'extérieur où un vent du nord commençait à souffler, annonçant l'hiver tout proche. Elle percevait le bruit de l'eau qui coulait goutte à goutte quelque part au fond, mais le sol était sec et elle s'y assit, légèrement essoufflée d'avoir grimpé jusque-là. Elle était vide de tout sentiment, de toute émotion, vide d'attente comme de peur. Elle restait là, simplement.

Et comme elle restait là, ses yeux commençaient à s'habituer à l'obscurité. Sans le chercher ni le vouloir, elle commençait à discerner les détails de la paroi rocheuse en face d'elle. Et bientôt, elle s'aperçut avec un sursaut que cette paroi était entièrement recouverte de motifs peints à l'ocre rouge. Des silhouettes d'ours marchaient, dormaient, se redresser, se battaient tout autour d'elle, et au centre, juste en face, une immense tête d'Ours semblait la fixer droit dans les yeux. Et elle fixait l'Ours, incapable d'en détacher son regard, incapable de même esquisser le plus petit mouvement.

Il lui semblait que quelque part, tout près ou très loin, s'élevaient des battements de tambour, que quelque part brûlait un feu dont la fumée répandait un étrange parfum. Il lui semblait, mais elle n'en avait cure ; elle fixait l'Ours, et l'Ours la fixait. Et des milliers de nuits passèrent, dans un sens ou dans l'autre, sans qu'elle cesse de fixer l'Ours qui la fixait. Et qui lui parlait, se rendit-elle compte à un moment sans pour autant en éprouver de surprise.

Et l'Ours enseignait. Il enseignait le temps où chaque graine devait s'endormir au sein de la Terre, dans ces profondeurs obscures et chaudes qui ressemblent à la mort mais ne sont que l'aube de l'aube de la vie. Il enseignait tous les possibles contenus dans chacune de ces graines et la nécessité de l'incubation pour qu'ils puissent naître au monde et à la lumière. Il enseignait la force immense que possède la graine, portant déjà en elle la longue et puissante vie du chêne, et comme elle devait cependant faire preuve de patience et contenir cette force jusqu'à ce que le temps soit venu de la libérer. Le bon temps, le temps qu'il faut, le temps juste. Il enseignait enfin comme rien, jamais, n'est perdu ; la plus petite expérience, la plus infime émotion, la moindre des connaissances acquises sont des graines semées dans un terreau fertile et qui portent en elles une multitude d'idées, une multitude de rêves, une multitude de souvenirs, une multitude de connexions et de clefs… Pour peu qu'on leur laisse le temps de mûrir et de germer. Pour peu qu'on sache contenir et maîtriser la force qui les pousse vers le Monde.

Elle écoutait. Elle comprenait. Elle souriait. Le vide en elle avait disparu, remplacé par des myriades de graines endormies scintillant comme autant d'étoiles dans un ciel nocturne. Elle n'était plus vide, elle était la Terre en gestation. Alors, doucement, elle s'étendit sur le sol, ramena ses genoux vers sa poitrine et se laissa lentement glisser dans le sommeil. Et un instant, juste avant que ses rêves ne l'emportent, elle crut sentir sous ses doigts la chaleur douce d'une épaisse fourrure…

Pour aller plus loin :

L'Ours nous enseigne la puissance et la nécessité des pratiques introspectives, de l'ancrage à la Terre, à nos besoins, de la maîtrise de la force et de l'énergie que nous mettons dans nos projets. Il est aussi lié à l'hibernation, à ce temps de repos et de maturation souterraine qui permet aux enseignements, aux idées, aux projets, aux rêves de prendre forme. Et il nous rappelle la nécessité de revenir à soi et au corps incarné, à l'ici et maintenant, quand nous nous laissons tentées par la quête à l'extérieure d'une connaissance abstraite et éthérée qui n'est rien d'autre qu'une fuite stérile et vaine si elle n'est pas intégrée afin d'être ensuite exprimée dans la matière de la façon la plus juste.

Allongez-vous et couvrez-vous d'une couverture chaude. Fermez les yeux. Prenez conscience de chacune des parties de votre corps une à une, lentement. Ressentez chacun de vos appuis sur le sol, votre poids reposant sur ces appuis. Ancrez-vous profondément, jusqu'à avoir la sensation de vous enfoncer dans le sol.

Vous reposez au sein de la terre, enveloppée de sa chaleur et d'une obscurité rassurante, apaisante. Sentez ce cocon maternant tout autour de vous. Sentez sa douceur, sa chaleur. Sachez dans le même temps qu'au-dessus de vous s'étend le monde, immense et riche. Sentez comme le monde, l'extérieur vous appelle. Prenez conscience du désir de répondre à l'appel qui grandit en vous malgré votre peur, peut-être, de vous y perdre ou d'être confrontée à ses dangers réels ou imaginés. Mais l'appel est plus fort. Sentez comme il résonne en vous, comme il est entrelacé à votre nature même.

Prenez maintenant conscience de cette sagesse que vous possédez, de cette voix en vous qui sait la nécessité de forger des racines solides avant de pouvoir vous y aventurer. Vous allez trouver en vous les ressources nécessaires pour vous enraciner plus profondément encore, créer le supplément d'ancrage nécessaire. Faites-le. Prenez le temps de visualiser ces racines qui partent de vous pour s'enfoncer loin dans la terre. Prenez le temps de les sentir suffisamment fortes.

À présent, tournez votre conscience vers le haut, vers le monde extérieur. Sentez la nécessité de grandir, de vous élever et, pour cela, d'être nourrie. Il vous faut accepter de vous ouvrir pleinement aux éléments qui permettront votre croissance. Il vous faut faire le choix de quitter l'abri de votre terre, l'abri de l'obscurité chaude et rassurante, pour vous confronter à la lumière aveuglante, aux vents violents, à la pluie battante. Il vous faut trouver en vous et en vos racines une confiance presque aveugle en la Vie qui vous pousse à intégrer ce monde. À naître et renaître à ce monde qui est le vôtre. Il vous faut apprendre à distinguer la voix de l'instinct qui saura vous guider. Il vous faut prendre le temps de vous rassembler, de rassembler vos forces, votre courage et votre volonté. Il vous faut sentir, du fond du cœur et des tripes, que le moment est venu. Prenez ce temps, le temps qu'il vous faut, le temps dont vous avez besoin...

Puis, lorsque vous vous sentirez prête, lentement, étirez-vous vers le haut, vers la lumière, vers le monde extérieur qui vous attend. Devenez qui vous devez être… Et sachez que les cycles naturels de votre vie vous ramèneront régulièrement à la grotte obscure de votre terre intérieure, quand le besoin se fera sentir de vous ressourcer, de renouveler vos forces, d'incuber ce que votre chemin vous aura apporté de nouvelles expériences, de nouveaux enseignements, afin d'en tirer ce dont vous aurez besoin pour grandir et avancer de nouveau.

LA QUE SABE

Elle était vieille. Si vieille que personne aux alentours n'aurait su dire son âge, pas même elle. Personne ne se souvenait l'avoir connue autrement que vieille, et elle se souvenait de la naissance de chacun, ainsi que de la naissance de leurs parents et de leurs grand-parents. Elle avait depuis longtemps dépassé l'âge où les chiffres et les noms ont encore un sens. De nom, elle n'en avait pas, ou du moins pas dont on se souvienne. Au village, à l'orée des bois sombres où se tapissait sa chaumière, on l'appelait « la Vieille », avec une moue de dégoût au coin des lèvres et quelque chose comme du mépris au fond des yeux. Puis, quand tombait la nuit, elle devenait « la Sorcière », et une espèce de crainte superstitieuse remplaçait alors le mépris, les voix se faisaient murmures et les yeux roulaient d'un côté à l'autre, comme pour vérifier que ne traînaient pas dans un coin sombre sa vieille bouche édentée, ses rares cheveux gris et ses mains noueuses aux ongles griffus. À la vérité, la plupart du temps on préférait ne pas trop parler d'elle, si ce n'est pour faire peur aux bambins récalcitrants. Il y avait même quelques bonnes femmes pour jeter une pincée de sel par-dessus leur épaule, quelques vieillards pour cracher par terre, si d'aventure on venait à l'évoquer devant eux…

Elle était vieille, donc, et vivait à l'écart des hommes, parmi les grands chênes auxquels elle avait fini par ressembler un peu. Cela ne la gênait pas, la Vieille, bien au contraire. Avec le temps, elle en était venue à préférer la compagnie simple et tranquille de la Nature et des bêtes sauvages qui y vivaient. Elle en tirait les moyens de subvenir aux besoins de son corps, et les enseignements qui nourrissaient son âme.

Parfois, bien sûr, une bande de gamins venait rôder près de sa clairière. Elle entendait leurs éclats de rire nerveux, leurs chuchotements excités, et elle souriait intérieurement en imaginant les petits défis qu'ils devaient se lancer pour prouver leur courage. Ça ne lui déplaisait pas, en vérité, d'être devenue une sorte de rite de passage pour les petits garçons en passe de devenir des hommes. D'autres fois, c'était de jeunes oiselles rougissantes qui s'aventuraient jusqu'à sa chaumière et la suppliait avec force bégaiements de bien vouloir leur fournir quelque filtre d'amour, quand ce n'était pas de quoi évincer une rivale. Celles-là, elle les chassait avec un sifflement de chat sauvage en les menaçant de son balai.

Et puis, de temps en temps, arrivaient des femmes égarées, jeunes ou moins jeunes, brunes ou blondes ou rousses, jolies ou non, mais avec, toujours, ce regard éteint de qui a trop souffert, trop donné, trop perdu… Toutes, elles partaient un jour de chez elles et se mettaient à marcher droit devant, à errer sans but, parce que leur vie même n'en avait plus. Toutes avaient, pour une raison ou pour une autre, perdu le goût de vivre et de sourire. Alors elles s'en allaient, tout simplement, sans se poser la moindre question, sans se demander où, ni comment, ni pourquoi. Et, par un hasard qui n'en était pas un, leurs pas les menaient par les bois profonds, jusqu'à la clairière de la Vieille qui les attendait là, comme si les arbres lui avaient annoncé leur venue.

Sans un mot, elle leur ouvrait sa porte, elle leur ouvrait ses bras, et elle les laissait pleurer et crier et sangloter dans son giron qui, toute vieille et osseuse qu'elle était, n'en était pas moins accueillant que celui d'une mère. Puis, quand elles avaient bien pleuré, bien crié, bien sangloté, elle caressait leurs cheveux d'un geste qui, semblait-il, savait aussi délier les langues. Et les femmes parlaient et parlaient et parlaient encore, longtemps, tout le temps qu'il fallait. Et la vieille écoutait, de toutes ses vieilles oreilles qui avaient dû en recevoir tant, de ces confidences, mais qui n'avaient pas oublié que les mots parfois ont juste besoin d'être entendus.

Finalement, quand tous les mots avaient été dits, quand toutes les larmes avaient coulé, les femmes, épuisées, s'endormaient là, dans les bras de la Vieille, contre son cœur qui battait le rythme sourd de la vie qui continue. Alors la Vieille, qui savait que le sommeil n'est pas un volet qu'on ferme mais plutôt une porte qui s'ouvre, commençait doucement à raconter…

Elle racontait, la Vieille, la grande histoire de la Terre et du Ciel, de la Lune et des Océans, la roue des saisons qui passent, chacune mourant pour que naisse la suivante dans un enchaînement continu de cycles, et la Mort qui n'est pas une fin, et la Lumière qui ne brille que dans l'Ombre, et la très ancienne histoire de la longue lignée des femmes, gardiennes d'une flamme qui est la Vie.

Parfois les femmes restaient un peu, quelques jours ou quelques lunes. Elles aidaient la Vieille dans ses tâches quotidiennes, apprenaient d'elle les gestes qui permettent de vivre en harmonie avec la Nature, à entendre dans le bruissement des feuilles les messages du vent... Mais, toujours, elles finissaient par s'en aller. Et la Vieille le savait, comme elle savait que c'était juste. Elle connaissait, la Vieille, l'appel puissant de la Vie. Alors elle les regardait s'éloigner de la démarche légère de celle qui a trouvé en elle-même son centre et son ancrage. Et elle souriait, la Vieille.

C'est que, pour celles-là, quand elles l'évoqueraient, elle ne serait plus « la Vieille ». Pour celles-là, elle serait « La Que Sabe », Celle Qui Sait, et dans leurs yeux brilleraient les étoiles des secrets révélés et des savoirs transmis. Des savoirs à transmettre à celles pour qui le moment est venu de les recevoir. Et elle savait, la Vieille, elle savait parce que tel était son rôle au sein de l'Univers, que tant que brilleraient ces étoiles-là dans des yeux comme ceux-là, la Grande Roue continuerait de tourner, les cycles de s'enchaîner aux cycles, et que tout était juste.

Pour aller plus loin :

La Que Sabe est la vieille sage sans âge en vous, votre connexion à la mémoire collective, à la sagesse ancestrale qui est l'héritage de toutes les femmes qui ont vécu, vivent et vivront. C'est une aïeule bienveillante, toujours présente, toujours prête à vous guider, à vous conseiller et à vous enseigner pour peu que vous lui accordiez votre confiance…

Un soir de Lune décroissante, ou pendant votre phase Sorcière, éteignez toutes les lumières et asseyez-vous confortablement. Placez une bougie face à vous et allumez-la. Fixez la flamme, longuement. Concentrez-vous sur sa lumière, longuement. Si des pensées surgissent, ne vous y attachez pas ; visualisez-les s'approcher de la flamme et s'évaporer à son contact...

La Que Sabe est cette petite flamme qui brille dans la nuit des peurs, des doutes et des incertitudes. Elle est la petite lueur qui reste quand toutes les autres se sont éteintes. La lanterne qui éclaire votre chemin, guide vos pas, vous rassure par sa présence chaleureuse et dissipe les ombres environnantes…

Quand vous vous sentirez prête, fermez les yeux... L'image résiduelle de la flamme persiste derrière vos paupières closes. Concentrez-vous dessus comme vous vous êtes concentrée sur la flamme de la bougie. La flamme n'est plus extérieure à vous, elle est en vous. La Que Sabe est en vous. Elle fait partie de vous, elle a toujours fait partie de vous. Sa sagesse, ses connaissances sont vôtres… Vous pouvez maintenant partir à sa rencontre ; posez simplement l'intention, et laissez-la vous guider jusqu'à elle. Simplement. Quand vous y serez, prêtez attention au lieu dans lequel elle vous accueille ; soyez certaine que chaque détail du paysage est porteur d'une signification précise destinée à vous guider et à vous enseigner. Prêtez attention à ses moindres gestes, à ses moindres mots ; recueillez-les précieusement car ils constituent chacun une perle subtile de sagesse qui vous est spécifiquement destinée.

Quand le moment sera venu de partir, remerciez-la et, doucement, revenez...

Sachez que vous pouvez désormais marcher en confiance votre chemin ; elle est là, elle l'a toujours été...

SORORITÉ

Entrelacées, liées, nos âmes de Louves
Par-delà les notions d'espace et de temps.
Courant libres d'entrave et de dépendance,
Explorant solitaires le retour à l'Essence,
Les sentiers vagabonds s'entrecroisent pourtant ;
Guidées par l'instinct, au détour on se retrouve.

Par les fils entrelacés du Destin,
Par la Louve et son instinct,
Par les pierres et les plantes choisies,
Par les liens que rien ne rompt jamais,
Je t'appelle et te nomme en cette nuit :
Tu es Esprit de la meute, tu es Sororité !

Pour aller plus loin :

La sororité, c'est ce sentiment de connexion particulière entre toutes les femmes que nous ressentons au plus profond de nos ventres dès que nous mettons de côté la rivalité superficielle à laquelle nous pousse la société patriarcale. Les énergies féminines qui nous guident et nous constituent nous poussent au rassemblement, à l'échange, au partage, à la transmission, au tissage de liens, à l'empathie. Le Féminin est par nature Union et Co-création. La sororité, c'est cette force, cette foi, cette liberté que nous acquérons un peu plus à chaque fois que nous nous reconnaissons les unes dans les autres, que nous prenons conscience de notre héritage commun, de notre Nature commune.

En méditation, vous pouvez visualiser trois liens, trois rubans de couleur. Celui de gauche sera rouge et symbolisera votre lignée, les femmes de votre famille, vos aïeules et vos descendantes. Celui de droite, noir, évoquera la longue lignée de toutes les femmes qui ont vécu, vivent et vivront sur la Terre. Celui du centre, enfin, sera blanc et vous représentera vous, en tant que femme constituée de tout ce qui fait de vous une femme ; votre nature cyclique, votre pouvoir de création, vos forces et vos blessures de femme aussi.

Maintenant, lentement, en conscience, vous allez laisser ces liens s'enrouler, s'entrelacer, s'imbriquer, pour ne plus former qu'un seul ruban solidement tissé. Observez ce ballet, cette alchimie. Prenez conscience de ce que cette vision symbolise, de ce qu'elle signifie pour vous, intimement, des émotions qu'elle fait naître en vous… Ressentez-vous la connexion ? Ressentez-vous la force du Féminin quand rien ne le dénature ?

À présent, laissez les deux extrémités du ruban se rejoindre et se fondre. Fermez le cercle. Et sentez la puissance de cette figure géométrique particulière, sacrée ; la figure féminine par excellence. Le cercle, le cycle, là où prennent naissance tous les possibles, là où tout est transmuté pour renaître, l'Unité...

Nous sommes innombrables et très différentes les unes des autres. Notre nature même est cyclique, changeante. Mais au-delà de cela, et grâce à cela, nous sommes Une.

LA SOURCE

Depuis des générations, la Source était tarie. Et la terre assoiffée se craquelait alentour, et les racines profondes ne nourrissaient plus que des buissons malingres qui en d'autres temps avaient été des géants parmi les arbres. Des vies étaient passées et on ne se souvenait plus de ce temps où Elle coulait vive et claire, du temps de la fluidité et de la clarté de la Lune sur les eaux des lacs.

Et on ne se souvenait plus de ce temps où la Source avait été scellée parce qu'il le fallait. De ce temps où était survenu le grand changement qui n'était que la fin d'un cycle et le début d'un autre, parce que c'est ainsi que tourne la Roue.

Alors était arrivé le temps du feu du Soleil sur la Terre, le temps du règne du masculin guerrier et dominateur qui brûle et assèche et aveugle. Et la Source avait dû être scellée, et son eau enfouie profondément sous la Terre et dans les mémoires les plus anciennes. Hors de portée du feu et du fer. Et les femmes avaient oublié ce qu'elles étaient. Leur utérus n'était plus irrigué que par du sang et, de mère en fille, elles ne se transmettaient plus qu'une soif diffuse dont il ne fallait pas parler. Et la peur, cette peur, du feu des bûchers… C'était le temps de l'épreuve et de l'incubation. C'était le temps du retrait dans le désert. Le temps de la Mort qui enseigne et prépare à la renaissance.

Mais ce qui est enfoui n'est pas enfui ; il attend et grandit en secret. Et la Source tarie palpitait malgré tout doucement, imperceptiblement, au rythme des lunes et des marées. Comme un cœur en dormance qui décompte l'attente. Comme un tambour chaman qui bat le rappel doucement, imperceptiblement, puis, comme le grondement sourd du tonnerre qui se rapproche, de plus en plus fort, de plus en plus vite. Et le ventre des femmes résonne de cet appel comme des milliers de peaux tendues qu'on effleure à l'unisson.

Un autre cycle s'achève et l'heure de renaître approche. Un cri est lancé. Soudain, les louves hurlent ensemble à la Lune, les corbeaux se déploient et prennent leur envol. Le sceau a été brisé cette nuit et l'eau jaillit à nouveau avec toute la force de toutes les larmes versées. Et l'eau coule en ruisseaux innombrables qui irriguent la Terre et les ventres, et nettoient et abreuvent et reverdissent le Monde et les cœurs. Il est temps ! Que pleurent les Madeleines librement et sans peur. Que soient lavées les plaies, régénérées les fractures, guéries les blessures et rendues les mémoires. Il est temps maintenant.

Je suis Morgane de la Source Vive et j'ai fini d'attendre !

Pour aller plus loin :

Il y a en nous toutes une source qui nous relie à notre pouvoir et à notre sagesse de femmes, et à toutes les femmes par-delà le temps et l'espace.
Je vous propose d'aller, enfin, retrouver cette source en vous…

Asseyez-vous confortablement. Fermez les yeux. Sentez vos racines partir de votre sacrum et s'enfoncer loin dans la Terre. Sentez comme dans le même temps elles rendent à la Terre tout ce qui vous pèse, et drainent jusqu'à vous l'énergie puissante et douce de la Mère qui vous régénère.

Portez maintenant votre conscience au sommet de votre crâne. Sentez ce point précis qui s'ouvre comme une fleur de lotus et laisse entrer l'énergie du Ciel qui vous purifie. Sentez comme ces deux énergies vous traversent en un flux constant. Comme elles vous maintiennent alignée.

À présent, amenez votre conscience dans votre ventre. Dans votre utérus. Imaginez une terre aride, craquelée. Vous savez pourtant que, quelque part, l'eau est présente. Laissez votre instinct vous guider vers elle...

Il peut s'agir d'une flaque ou d'un bassin, d'un ruisseau ténu ou d'une simple tâche d'humidité. Peu importe, l'eau est là. Contemplez cette preuve de sa présence avec gratitude et compassion. Il s'agit de votre source qui, malgré le temps et les épreuves subies tout au long de votre vie, et de vos nombreuses autres vies, ne s'est jamais complètement tarie. Contemplez-la...

Puis, par la force de votre volonté, par la force de votre intention, appelez l'eau à la surface. Appelez-la et sentez-la répondre à votre appel. Voyez la tâche s'élargir, la flaque grandir, le ruisseau se gonfler, le bassin bouillonner puis déborder. Si quelque chose entrave le courant – une pierre, un amas de ronces ou de branchages, quoi que ce soit – ôtez-le avec respect ; ce n'est plus nécessaire, cela n'a plus lieu d'être.

Laissez votre source prendre sa pleine mesure, sa pleine puissance. Laissez l'eau couler avec force, sans entrave ni retenue. Et sentez comme elle vous lave de tous vos maux de femmes, comme elle vous rend votre joie sauvage, votre intégrité, votre plein pouvoir.

Vous êtes cette source qui coule désormais libre en vous, et vous êtes ce ruisseau qui se joint à tous les autres, créant ainsi le courant de la Vie. Il vous appartient désormais d'en prendre soin…

RETOUR

Par le sang de mes lunes, celui de l'enfantement
Par les vies que j'ai portées, les traces qu'elles m'ont laissées
Par celles que j'ai perdues, celles que j'ai mises au monde
Par les nuits trop blanches et par les heures trop sombres
Par les larmes de rage et les cris ravalés
Quand la Lune voilée laissait le ciel vacant
Et vide d'envie et mon âme et mon ventre
Par les regards baissés esquivant les miroirs
Par les désirs tus et par les plaisirs feints
Coincés dans les carcans des saintes ou des putains
Par toutes les lâchetés, par la peur des bûchers
Par le temps qui s'écoule à compter les barreaux

Par les choix douloureux, les erreurs, les errances, et par les renaissances
Par le courage qu'il faut pour s'affranchir des chaînes
Par le feu circonscrit dans un cercle de pierres
Qui sur l'aile du vent embrase soudain la plaine
Par le torrent des larmes qui force les barrages
Par la brûlure du sel qui cicatrise les plaies
Par ce grondement sourd qui enfle lentement
Par l'orage éclatant enfin et déchirant la nuit
Et par l'écho des voix qui répondent à l'appel
Plus proches qu'on le croyait ou bien du fond des âges
Par les crocs dénudés décidés à reprendre
L'héritage sacré qu'on nous a dérobé

Par le sang de mes lunes, celui de l'enfantement
Par la terre, par le feu, par l'eau des larmes versées
Par le vent des tempêtes comme par la brise légère
Par ce sexe qu'on dit faible pour en nier les mystères
Par la douleur-compagne et par la vie qui bat
Par celles qui précèdent, celles qui viendront après
Je suis et je deviens ce que je suis
Mère et amante et guerrière
Sorcière, guérisseuse ou prêtresse
Je suis Diane, je suis Lilith
Je suis le mythe et l'évidence
Je suis le sens, je suis l'essence

Et je marche sans crainte dans les ruelles sombres
Et je hurle à la Lune sans pudeur et sans honte
Et si je t'aime entière, pour autant je ne serai pas tienne
N'en doute pas, je suis reine et te choisis pour roi
Pour cette fois, encore une autre fois
Avec toi je peux partager mais seulement si je veux
Les ondes pourpres du plaisir qui me vrille les reins
Et du ventre de la terre jusqu'au plus haut des cieux
Ouvre une voie qu'on ne parcourt qu'à deux
Je te l'offre si tu veux mais ne te le dois pas
Contre toi sur ces flots je suis mon seul vaisseau
Me suivras-tu si loin de tes propres rivages ?

Par le sang de mes lunes, celui de l'enfantement
Aussi vieille que le monde, je saigne et j'enseigne
Changeante comme la Lune, je donne, je prends. J'apprends
Silencieuse je veille, frissonnante je m'éveille
J'ai la force des grands chênes, la puissance de la Terre
Je danse dans le grand cercle au rythme des saisons
Et je fais l'amour comme on se venge, ou comme on donne la vie

Je suis libre et sauvage, à la fois louve et flamme
Guidée par un instinct qui ne raisonne pas
J'ai la folie des sages qui ne suivent que leurs pas
La confiance insouciante d'un enfant en demain
Je suis Femme et chez moi... je reviens !

DÉDICACE

Spéciale dédicace à toi, à elle, à Elle aussi,
Puis à elles, et un peu à moi aussi...
À toutes celles qui se prennent le monde en pleine face
Les fragiles, les tendres, les sensibles qui en ont l'air ou pas
Celles qui se terreraient bien dans leur tanière au fond des bois
Qui le font parfois, le temps d'un retour à l'essentiel
Puis qui reviennent parce que la Lune et le Soleil
Celles qui ont du mal à baisser la garde
Ou à ne pas baisser les bras
Celles qui pleurent en cachette
Pour des riens qui leur coupent le souffle
Mais celles qui dansent quand même
Et qui rient quand même
Et qui aiment, qui s'aiment, qui sèment
Parce que c'est beau la Vie, et le Monde, et l'Humain
Quand même.

Et plus encore qu'une dédicace, un immense merci à Raven la Blanche, qui fut et reste un phare à travers l'espace et le temps...

Avez-vous aimé Les Songes de la Louve ?

Si vous avez aimé ce livre, nous aimerions vous demander une petite faveur en retour. L'écriture d'un ouvrage représente des mois d'écriture et souvent de longues années de travail en amont pour acquérir les connaissances nécessaires. C'est pourquoi, si vous le voulez bien, nous vous serions reconnaissants de prendre quelques minutes pour parler de ce livre autour de vous, à vos amis, à vos libraires, sur les forums, blogs, sites web, pages, réseaux sociaux etc., mais aussi pour laisser un avis sur les sites de vente en ligne.

Vos commentaires participent beaucoup à la visibilité du travail de nos auteurs, mais les aident (et nous aident) aussi à mieux cerner vos attentes, à apporter des améliorations à leur travail et à écrire des ouvrages sur d'autres sujets qui pourraient vous intéresser.

Un livre ne vit et n'existe que lorsqu'il se partage et devient accessible à d'autres. Or, cela ne peut se faire que s'ils en entendent parler. Voilà pourquoi votre participation est aussi importante, et pourquoi nous nous en remettons à vous.

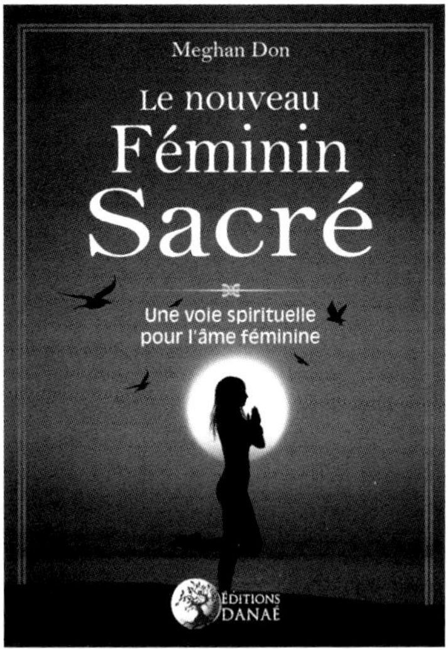

Le nouveau Féminin Sacré

AUTEUR : MEGHAN DON

« Peut-être le meilleur livre écrit sur le féminin sacré ! Il ne traite pas seulement de l'évolution spirituelle : il permet de la ressentir intérieurement de manière immédiate. Ces mots, vivants, éveillent en nous des vérités endormies depuis des siècles… C'est un ouvrage d'éveil, qui nous amène à notre véritable nature. Un livre que tout le monde devrait lire ! »
Dr. ROBERT SARDELLO, auteur de *Silence: The Mystery of Wholeness.*

Atteignez l'évolution spirituelle grâce à la vraie puissance de votre âme féminine.
Faites l'expérience d'un voyage d'évolution grâce à ce guide qui embrasse les archétypes lumineux et obscurs de la féminité. Au moyen d'enseignements gnostiques et mystiques, Meghan Don vous fait découvrir comment travailler avec les sept visages du féminin sacré : les aspects lumineux et obscurs de la fille, de la mère et de la vieille femme, ainsi que l'être illuminé de votre vraie nature.
Au travers de réflexions, de prières, de méditations et d'anciennes formules, Le nouveau Féminin Sacré vous aide à guérir votre esprit, à trouver la libération, et à faire confiance à la voix et à la vision de votre âme.
Quelles que soient vos croyances spirituelles, vous pouvez rencontrer chacun des visages du divin et gagner en puissance en explorant avec ce livre de grandes figures féminines sacrées comme Marie-Madeleine, Lilith, la Vierge Noire et Thérèse d'Avila.

Broché 15 x 21 - Illustrations N&B - 324 pages

Autres titres des éditions Danaé

Paganisme

Beltane - Rituels, Recettes et Histoire du 1er mai, Mélanie Marquis
Litha - Rituels, Recettes et Traditions du Solstice d'été, Deborah Blake
Lugnasad - Rituels, Recettes et Traditions de la Fête des Moissons, Melanie Marquis
Mabon- Rituels, Recettes et Histoire de l'Équinoxe d'Automne, Diana Rajchel
Samhain, Rituels, Recettes et Traditions de la fête des Morts, Diana Rajchel
Yule, Rituels, Recettes et Traditions du Solstice d'Hiver, Susan Pesznecker (sortie novembre 2017)
Wicca, aux origines de la magie - Sorita d'Este & David Rankine
Nouveau Calendrier Païen, Glana - Claire Duclaye
Aromathérapie Magique, Scott Cunningham
La Cuisine Wiccane, Scott Cunningham
L'Enclos des Ases, Aurélia Petri
Hécate : Au seuil du Sanctuaire, Sorita d'Este & David Rankine
Les Métamorphoses, Fabrice Kircher & Dominique Becker
Terre, Air, Feu & Eau, Scott Cunningham (sortie décembre 2017)
La Magie des Plantes, Sandra Kynes (sortie novembre 2017)